●

울산바위

▲▲

설악산 국립공원

고성
통일전망대

영랑호

영금정

속초 시청

갯배선착장

동명항

아바이마을

속초
Sokcho

청초호

낙산사

속초에서의 겨울

속초에서의 겨울

Hiver à Sokcho

엘리자 수아 뒤사팽 지음 · 이상해 옮김

북레시피

모든 경계 너머의 거처를 꿈꾸며

나는 프랑스인 아버지와 한국인 어머니 사이에서 태어나 두 문화의 품에서 자랐다. 그렇기에 나는 오랫동안 내가 두 문화를 품고 있는 것 자체가 프랑스적인 '반쪽'과 한국적인 '반쪽'을 결합하려고 시도하는 걸 의미하는 줄 알았다. 나는 프랑스와 스위스를 오가며 성장했다. 오랫동안 나에게 한국은 어머니가 만들어주신 음식, 그리고 한때 내가 프랑스어만큼 잘했지만 일상적으로 사용하지 않다 보니 서서히 잊어버린 어머니의 언어, 이 두 가지에 지나지 않았다.

내가 진정으로 한국을 발견한 것은 열세 살 때였다. 어머니의 가족을 만나기 위해 한국으로 긴 여행을 했을 때. 그때 내 안에 있는 두 개의 문화가 조화로운 결합이 아니라, 끊임없는 대화를 통해 신체적으로나 지리적으로 단 하나의 영토에서 살려고 애쓰는 두 개의 개체라는 사실을 깨달았다. 이 여행 이후로 나는 나의 한국적인 부분에 다가가기 위해 매년 한국을 다시 방문하고 싶은 욕구를 느낀다. 그러나 여전히 나는 유럽에서는 아시아인이고, 아시아에서는 서양인이다. 어디에 있든, 아버지나 어머니의 나라에서 나의 일부는 낯선 이방인으로 남아 있다.

결국, 글쓰기는 내가 현실에서 찾아내지 못한 거처를 창조해내는 방법이었던 것 같다. 모든 경계 너머에서 모든 공간이 동일할 수 있고 모든 상상이 가능한 그런 거처 말이다. 그 거처에서 나는 한국에서 태어나 자랐을 젊은 여인, 내가 일상을 통해 알고 싶었던 만큼 한국을 속속들이 아는 젊은 여인을 상상했고, 그 상상은 『속초에서의 겨울』로 점점 구체화되었다.

그런데 언어의 문제가 대두되었다. 태어나면서부터

배운 언어를 '모국어'라고 지칭한다. 말하자면 한국어가 나의 모국어인 셈이다. 그런데 이 소설은 '부국어', 즉 아버지의 언어로 씌어졌다. 한국어로 쓰고 싶었지만, 그럴 수 있었다면 『속초에서의 겨울』은 아예 존재하지 않았으리라. 왜냐하면 이 책은 내 안의 두 문화가 마찰을 일으키는 지점이기 때문이다. 마찰 지점이라고 했지만, 사실 이 책은 나의 또 다른 조국, 한국 독자들을 향해 놓은 다리이기도 하다. 언젠가 그 끝자락에서 나의 모국어, 우리의 한글로 쓰인 또 한 권의 책이 답하기를 희망하며.

스위스 브르소쿠르에서, 2016년 겨울
엘리자 수아 뒤사팽

그는 모직 외투를 걸친 채 길을 잃은 사람처럼 도착했다.

그는 내 발치에 가방을 내려놓고 모자를 벗었다. 백인의 얼굴. 어두운 눈길. 옆으로 빗어 넘긴 머리카락. 그의 눈길은 나를 보지 않은 채 관통했다. 그가 난감한 표정을 지으며 며칠 묵어갈 수 있는지 영어로 물었다. 마땅한 숙소를 찾을 동안만. 나는 그에게 숙박계를 내밀었다. 그는 내 손으로 직접 써넣으라는 듯 여권을 건넸다. 얀 케랑, 1968년 그랑빌 출생. 프랑스인. 사진 속의 그는 훨씬 젊고, 얼굴도 덜 수척해 보였다. 내가 서명을 하라는 의미로 연필을 가리켰지만 그는 외투에서 자신의 펜을 꺼냈다. 내가 컴퓨터에 등록을 하는 동안,

그는 장갑을 벗어 계산대에 올려놓고 그 위에 쌓인 먼지와 컴퓨터에 고정시켜놓은 작은 고양이 상을 물끄러미 쳐다보았다. 나는 처음으로 변명을 늘어놓고 싶은 욕구를 느꼈다. 그곳이 그렇게 허름하고 지저분한 건 내 탓이 아니었다. 내가 그곳에서 일한 지 한 달밖에 안 됐으니까.

펜션의 건물은 두 채가 있었다. 본채는 2층 건물로, 접수대, 주방, 공용실, 그리고 방들이 줄줄이 이어져 있었다. 오렌지색과 녹색 복도, 푸르스름한 전등. 박씨 아저씨는 손님들이 반짝이는 장식 불빛을 보고 오징어 떼처럼 줄줄이 찾아들었던 전후戰後 세대에 속했다. 주방에서 요리를 하다 보면 맑은 날에는 중년부인의 젖가슴마냥 하늘을 향해 봉긋이 솟아오른 울산바위까지 선명하게 내다보였다. 본채에서 골목 몇 개를 지나야 나오는 별채는 전통적인 방식으로 개축한 것으로, 온돌을 깔아 삼면이 창호문인 방 두 개에도 손님을 받을 수 있게 만들었다. 안뜰에는 꽁꽁 언 연못과 헐벗은 밤나무 한 그루가 있었다. 어떤 관광안내 책자에도 박씨 아저씨의 펜션은 소개되어 있지 않았다. 술을 너무 많이 마셨거나 마지막 버스를 놓친 사람들이 우연히 그곳에 좌초했다.

컴퓨터에 문제가 생겼다. 컴퓨터가 숨이 넘어갈 듯 헐떡이는 동안, 나는 그 프랑스인에게 펜션이 어떻게 돌아가는지 설명했다. 평소 그 일은 박씨 아저씨가 도맡아 했다. 하지만 그날, 그는 펜션에 없었다. 아침식사는 다섯 시부터 열 시까지. 통유리 너머, 접수대와 붙어 있는 주방에 토스트, 버터, 잼, 커피, 차, 오렌지주스 그리고 우유가 준비된다. 과일과 요구르트는 토스터 위에 놓인 바구니에 천 원을 놓고 먹으면 된다. 빨랫감은 1층 복도 안쪽에 있는 세탁기에 넣어두면 내가 알아서 세탁해준다. 와이파이 코드는 ilovesokcho, 대문자 없이 모두 이어 쓰면 된다. 길 아래쪽으로 오십 미터 정도 걸어 내려가면 24시 편의점이 있고, 거기서 왼쪽으로 꺾으면 버스정류장이 나온다. 버스로 한 시간 거리에 있는 설악산 국립공원은 해질 때까지 열려 있다. 산에 오르려면 눈 때문에 제대로 된 신발을 준비해야 한다. 속초는 해수욕을 즐기기 위해 찾는 도시다. 그래서 미리 말해두지만 겨울에는 별로 할 것이 없다.

겨울 비수기에는 손님이 뜸했다. 일본인 등산가, 얼굴 성형수술을 받고 회복차 서울에서 도망쳐온 거의 내 또래의 아가씨. 그녀는 2주 전부터 펜션에 묵고 있었고, 남자친구가 그녀와 함께 지내기 위해 열흘 일정으로 내려와 있었다. 나는 그들을 모두 본채에 묵게 했다. 일 년 전 박씨 아저씨의 아내가 세상을 뜬 이후로 펜션은 아주 느리게 돌아갔다. 박씨 아저씨는 2층에 있는 방들을 모두 비워버렸다. 내 방과 박씨 아저씨의 방을 포함해 모든 방이 찼기 때문에 프랑스인은 별채에 묵게 될 것이다.

날이 저물었다. 우리는 김씨 아줌마의 노점이 있는 골목으로 접어들었다. 김씨 아줌마의 빈대떡에서 나는 마늘 냄새가 3미터 떨어진 하수구 구멍에서 나는 악취와 뒤섞였다. 걸음을 내디딜 때마다 우리의 발아래에서 살얼음이 으스러지는 소리가 났다. 창백한 전등들. 우리는 두 번째 골목을 지나 별채 대문 앞에 이르렀다.

케랑이 자신이 묵을 방의 문을 열었다. 분홍색 벽지, 바로크 풍을 흉내 낸 플라스틱 거울, 책상, 보라색 이불. 그의 머리카락이 천장을 스쳤다. 벽과 침대 사이,

그가 두 걸음 이상 내디딜 공간은 없었다. 내가 일을 줄이기 위해 그에게 작은 방을 배정해주었던 것이다. 공용 욕실이 안뜰 건너편에 있었지만 처마가 줄줄이 이어져 있어서 눈이나 비를 맞을 일은 없을 것이다. 그는 그런 건 아무래도 상관없다고 말하고는 벽지가 찢겨나간 곳들을 살펴보고, 가방을 내려놓고, 나에게 오천 원권 지폐를 내밀었다. 내가 돌려주려 했지만, 그가 귀찮다는 어조로 그냥 받으라고 했다.

나는 본채로 돌아가기 전에 엄마가 날 위해 따로 챙겨두는 찬거리를 가져오기 위해 어시장에 들렀다. 내가 지나갈 때마다 고개를 들고 쳐다보는 사람들의 눈길에는 신경을 끈 채 통로들을 가로질러 곧장 42호 점포로 갔다. 프랑스인 아버지가 엄마를 유혹하고는 흔적도 남기지 않고 떠나버린 지 23년, 나의 혼혈은 온갖 쑥덕거림의 근원으로 남아 있었다.

늘 그렇듯 짙게 화장을 한 엄마가 새끼 문어들을 봉지에 담아 나에게 내밀었다.

"지금은 이것밖에 없어. 고춧가루는 남아 있니?"

"응."

"내가 좀 줄게."

"안 줘도 돼. 아직 남아 있다니까."

"넌 왜 고춧가루를 안 쓰니?"

"써!"

엄마가 이상한 소리를 내며 누런 고무장갑을 끼더니 아무래도 미심쩍다는 눈길로 나를 빤히 쳐다보았다. 엄마는 내가 말랐다고, 그놈의 박가가 나한테 밥 먹을 시간도 안 주는 것 같으니 가서 한마디 해야겠다고 했다. 나는 아니라고 했다. 펜션에서 일하게 된 이후로 매일 아침 토스트와 카페오레를 배터지게 먹고 마신다고, 내가 말랐을 리가 없다고 했다. 박씨 아저씨는 내가 만든 음식에 익숙해지는 데 시간이 걸렸다. 하지만 그는 펜션의 식사에 관한 한 내게 전권을 부여했다.

새끼 문어들은 아주 잘았다. 십여 마리를 한 손에 움켜쥘 수 있을 정도였다. 나는 그것들을 추려서 양파, 간장, 설탕, 고춧가루를 넣고 졸였다. 문어들이 눌어붙지 않게 가스 불을 줄였다. 국물이 충분히 졸여진 다음에 참깨, 찹쌀가루 그리고 떡볶이 떡을 넣었다. 그러고는 당근을 썰기 시작했다. 칼날에 비친 당근의 단면이 신기하게도 내 손가락 살과 헷갈렸다.

갑자기 찬바람이 들이쳤다. 돌아보니, 케랑이 문을 열고 들어서고 있었다. 그가 물 한잔 마시고 싶다고 했다. 그가 물을 마시며 이해할 수 없는 그림을 바라보듯 내 조리대를 유심히 관찰했다. 나는 그에게 신경을 쓰다가 손을 베고 말았다. 당근 위에서 피가 응고되어 갈색 딱지로 변했다. 케랑이 주머니에서 손수건을 꺼냈다. 그러곤 다가와서 손수건으로 상처 부위를 눌러주었다.

"조심해야죠."

"일부러 그런 건 아니에요."

"그렇다면 다행이군요."

그가 내 손을 꾹 눌러주며 웃었다. 나는 당황해서 손을 뺐다. 그가 프라이팬을 가리키며 물었다.

"오늘 저녁때 먹을 건가요?"

"네, 일곱 시에 바로 옆방에서."

"피가 들어갔는데."

사실 확인, 혐오감, 아이러니. 그 어조만으로는 그의 의중을 알아차릴 수 없었다. 그사이, 그가 다시 나갔다.

그는 저녁을 먹으러 오지 않았다.

엄마는 부엌에 쪼그리고 앉아 턱을 목에 처박은 채 양팔을 양동이에 집어넣고 휘저어댔다. 그녀는 오징어 속을 채우기 위해 생선 간, 대파, 삶은 고구마를 버무리고 있었다. 엄마의 오징어순대는 속초에서도 손꼽힐 정도로 유명했다.

"내가 어떻게 반죽을 하는지 잘 봐둬. 순대 소를 만들 때는 재료가 골고루 섞이게 해야 돼."

나는 엄마 말을 거의 듣지 않고 있었다. 양동이에서 튄 즙이 우리의 장화 주위에 고였다가 부엌 한가운데 있는 하수구를 향해 흘러갔다. 엄마는 어시장 생선장수들에게 배정된 하역창고 위층의 아파트에서 살고 있었다. 시끄럽고, 비싸지 않은. 내 어린 시절의 아파트.

나는 쉬는 날인 일요일 저녁에 엄마한테 가서 하룻밤을 보내고 왔다. 엄마는 내가 떠난 이후로 혼자 자는 것을 가장 힘들어했다.

"너도 좀 채워, 이것아."

엄마가 나한테 오징어 한 마리를 건네고는 생선 간이 잔뜩 묻은 고무장갑으로 내 허리를 만져보며 한숨을 내쉬었다.

"이렇게 예쁜 것이 아직 결혼도 못 하고……."

"준오가 취식부터 해야지. 아직 시간은 많아."

"늘 시간이 많다고 생각하지."

"나 아직 만으로 스물다섯도 안 됐어."

"내 말이."

나는 결혼 날짜가 곧 잡힐 거라고, 기껏해야 몇 달 상관이라고 장담했다. 마음이 놓이는지 엄마가 다시 작업을 시작했다.

그날 밤, 나는 축축한 이불 속에서 내 배를 베고 누운 엄마의 가슴이 잠든 몸의 리듬에 따라 오르내리는 것을 느꼈다. 나는 펜션에서 혼자 자는 게 편했다. 이젠 엄마의 코고는 소리 때문에 잠을 잘 수가 없었다. 나는 살짝 벌어진 엄마의 입에서 내 옆구리로 흘러내리는 침방울을 하나씩 셌다.

이튿날 나는 속초시 앞바다에 펼쳐진 해변을 거닐러 갔다. 전기 철조망으로 얽혀 있긴 해도 난 그 연안을 좋아했다. 북쪽으로 겨우 60킬로미터 떨어진 곳에 북한이 있었다. 공사 중인 정박지 근처, 바람이 할퀴고 지나가는 실루엣 하나가 또렷하게 보였다. 여권에서 본 이름이 떠올랐다. 얀 케랑. 그가 내 쪽으로 걸어오고 있었다. 그물 더미 뒤에서 불쑥 나타난 개 한 마리가 그의 바지에 코를 박고 킁킁대며 졸졸 따라오기 시작했다. 인부가 소리쳐 개를 불렀다. 케랑이 개를 쓰다듬어주기 위해 걸음을 멈췄고, '댓츠 오케이!' 비슷한 말을 외쳤다. 하지만 인부는 개를 불러 묶었다. 그러자 케랑은 다시 걷기 시작했다.

그가 내 쪽으로 가까이 왔을 때, 나는 그와 나란히 걷기 시작했다.

"이곳 겨울 풍경 아름다워요."

그가 팔을 뻗어 해변을 가리키며 돌풍 속에서 소리쳤다.

물론 그냥 해본 말일 테지만, 난 웃었다. 부두에서 화물선들이 금속성 외침을 내질렀다.

"여기서 일한 지 오래됐어요?"

"공부 마치고부터요."

갑자기 불어닥친 바람에 그의 모자가 날아갈 뻔했다.

"좀 더 크게 말해줄래요?"

바람에 날리는 모자를 귀에 대고 누르며 그가 말했다.

그의 얼굴이 모자에 가려 거의 보이지 않았다. 나는 목청을 돋우는 대신 그에게로 다가갔다. 그는 내가 무슨 공부를 했는지 알고 싶어 했다. 한국문학과 프랑스문학.

"그럼 프랑스어도 하겠군요."

"잘은 못해요."

사실, 내 프랑스어는 우리가 주고받는 영어보다 나았

지만 난 주눅이 들어 있었다. 다행히도 그는 고개만 끄덕이고 말았다. 나는 아버지 얘기를 하려다 참았다. 그가 알아야 할 이유는 없었다.

"잉크와 종이를 어디 가면 구할 수 있는지 알아요?"

속초의 문구점은 1월에는 문을 닫았다. 나는 가장 가까운 마트로 가는 길을 가르쳐주었다.

"좀 데려다줄래요?"

"제가 시간이 없어서……."

그가 날 빤히 쳐다보았다.

나는 그러마고 했다.

우리는 콘크리트 벌판을 지났다. 그 중앙에 거대한 탑이 서 있고, 거기서 한 케이팝 가수의 노랫소리가 흘러나왔다. 시내로 들어서자, 노란색 장화와 녹색 모자 차림의 식당 주인들이 수조 앞에 서서 우리에게 들어오라고 손짓을 해댔다. 케랑은 수조에서 발버둥치는 게와 문어들이 자신과는 전혀 무관하다고 여기며 속초의 거리를 걷고 있는 것 같았다.

"이 추운 겨울에 속초에는 뭐 하러 오셨어요?"

"조용히 지내고 싶어서요."

"좋은 도시를 고르셨네요." 내가 농담조로 말했다.

그는 아무런 대꾸도 하지 않았다. 어쩌면 내가 성가셨는지도. 하지만 그의 기분이야 어떻든 그걸 내 탓으로 여길 필요도, 내가 나서서 어색한 침묵을 메우려 애쓸 필요도 없다고 나는 생각했다. 나에게 부탁을 한 사람은 그였다. 나는 그에게 빚진 것이 없었다. 듬성듬성 털이 빠진 개 한 마리가 어슬렁거리며 그에게로 다가왔다.

"개들한테 인기가 좋으시네요."

케랑이 개를 슬그머니 밀쳐냈다.

"아마 일주일째 옷을 안 갈아입어서 그럴 거요. 자기들과 같은 냄새가 나니까……."

"말씀드렸잖아요, 제가 빨래도 해준다고……."

"당신이 내 옷에 피를 묻히는 게 싫어서요."

농담 삼아 한 말일까? 나로서는 알 수가 없었다. 나한테만 그런지, 그에게서는 좋은 냄새가 났다. 생강 냄새와 향내가 섞인 것 같은.

롯데마트에서 그는 펜을 하나 집어 이리저리 살펴보고는 내려놓았다. 그러고는 종이 묶음의 포장지를 뜯어 냄새를 맡아보았다. 나는 우리 위쪽에 감시카메라가 없는지 확인했다. 케랑은 여러 종류의 종이들을 쓰다듬듯 만져보았다. 가장 거친 것들이 마음에 드는 모양이었다. 그는 종이를 비빈 다음 혀끝으로 그 끝부분을 맛보았다. 그러더니 만족한 표정을 짓고는 다른 코너로 발길을 옮겼다. 나는 포장지가 찢어진 종이 묶음들을 서류정리함 뒤에 감췄다. 다시 그가 있는 쪽으로 가보았더니 그는 아직 원하는 것을 찾지 못하고 있었다. 그는 카트리지가 아니라 병에 든 잉크를 원했다. 내가 간곡하게 사정을 하자 계산원이 창고에서 병 잉크 두 종류를 꺼내왔다. 하나는 일본산, 또 하나는 국산. 케랑은 일본산은 금방 말라버린다며 싫다고 했다. 그는 국산을 테스트해보고 싶어 했다. 그건 불가능했다. 케랑이 고개를 꼿꼿이 세우고 테스트를 다시 부탁했다. 계산원이 짜증을 부렸다. 그가 두 손을 들 때까지 내가 우리말로 계속 졸랐다. 케랑이 외투에서 꺼낸 화첩에 대고 몇 줄 그어보았다. 그는 결국 일본산 잉크를 샀다.

버스정류장에는 우리 둘뿐이었다.

"그러니까 당신은 프랑스 사람이군요."

"노르망디 사람."

내가 알아들었다는 표시로 고개를 주억거렸다.

"그곳을 아시오?" 그가 물었다.

"모파상을 읽었거든요……."

그가 내 쪽으로 돌아보았다.

"모파상의 노르망디는 어땠소?"

나는 곰곰이 생각해보았다.

"아름답고…… 약간은 슬펐어요."

"나의 노르망디는 더는 모파상 시절의 노르망디가 아니에요."

"그렇겠죠. 하지만 그곳은 속초와 같아요."

케랑은 대답하지 않았다. 그는 결코 나처럼 속초를 알지는 못할 것이다. 속초에서 태어나지 않고는, 그곳에서 겨울을 나보지 않고는, 그 냄새들과 문어를 모르고는 그곳을 안다고 주장할 수 없었다. 그 외로움을 겪어보지 않고는.

"책 많이 읽어요?" 그가 물었다.

"공부하기 전에는 많이 읽었어요. 그때는 가슴으로

읽었죠. 지금은 머리로 읽어요."

그가 고개를 끄덕이고는 꾸러미를 고쳐 쥐었다.

"당신은요?"

"많이 읽느냐고?"

"직업이 뭐냐고요."

"만화를 그려요."

그의 입에서 툭 튀어나온 '만화'라는 말이 거짓 같은 인상을 주었다. 나는 미술전과 줄지어 늘어선 독자들을 상상했다. 어쩌면 유명한 만화가일지도. 나는 만화는 보지 않았다.

"당신 이야기의 무대가 여긴가요?"

"아직 모르겠소. 어쩌면."

"휴가 중이세요?"

"만화가라는 직업에는 휴가란 게 없다오."

그가 버스에 올라탔다. 우리는 각자 양쪽 창가에 자리를 잡고 앉았다. 해가 그새 기울어 있었다. 꾸러미를 무릎에 올려놓은 케랑의 얼굴이 유리창에 비쳤다. 그는 눈을 감고 있었다. 코가 직각자처럼 또렷하게 보였다. 좁다란 입술 끝에서 나중에 주름으로 변할 선들이 삼각주 모양으로 뻗어나와 있었다. 말끔하게 면도를 했다. 눈 쪽으로 거슬러 올라가면서 나는 그도 유리창을 통해 나를 바라보고 있다는 것을 깨달았다. 펜션에 들어섰을 때와 같은 눈길, 근심이 묻어나지만 호의적인 표정. 나는 고개를 숙였다. 스피커에서 우리가 내릴 정류장 이름이 흘러나왔다. 별채로 가는 골목을 들어서기 전에 케랑이 내 어깨를 툭 치며 말했다.

"오늘, 고마웠어요."

그날 저녁에도 그는 식사를 하러 오지 않았다. 오후를 함께 보낸 것에 용기백배한 나는 덜 맵게 만든 음식을 쟁반에 담아 그에게 가져갔다.

침대 가장자리에 웅크리고 앉은 그의 그림자가 창호지에 또렷하게 비쳤다. 문은 완전히 닫혀 있지 않았다. 나는 열린 틈새에 뺨을 대고 그의 손이 종이 위에서 돌아다니는 것을 보았다. 그는 무릎에 놓인 판 위에 종이를 올려놓고 뭔가를 그리고 있었다. 연필은 그의 손가락들 사이에서 갈 길을 찾고 있었다. 앞으로 나아가다가는 물러서고, 망설이다가는 다시 탐험을 계속했다.

연필심은 아직 종이에 닿지도 않은 상태였다. 케랑이 그림을 그리기 시작했을 때, 선들은 고르지 않았다. 그는 선들을 여러 번 그렸다. 마치 선으로 선을 지우거나 고치는 것처럼. 하지만 손가락에 힘을 줄 때마다 그것들은 종이 위에 새겨졌다. 무엇을 그리는지 도무지 알 수가 없었다. 나뭇가지? 어쩌면 고철 더미일지도. 나는 결국 그것이 눈의 밑그림이라는 걸 알아보았다. 헝클어진 머리카락에 가려진 검은 눈. 연필은 한 여인의 얼굴이 나타날 때까지 계속해서 길을 찾아 나아갔다. 약간은 지나치게 큰 눈, 아주 조그만 입. 그녀는 아름다웠다. 그는 거기서 그쳤어야 했을 것이다. 하지만 그는 입술을 비틀고, 턱을 변형시키고, 눈길을 뚫으면서 선들 위에 선을 계속 그려나갔고, 연필 대신 펜과 잉크를 사용해 천천히 종이 위에 덧칠을 해나갔다. 여자가 형태 없는 검은 덩어리로 변할 때까지. 그는 그것을 책상 위에 올려놓았다. 잉크 방울이 흘러 바닥에 떨어졌다. 거미 한 마리가 그의 다리 위를 내달리기 시작했지만, 그는 그것을 털어내지 않았다. 그는 자신의 작품을 바라보았다. 그러고는 무의식적인 동작으로 종이 한 귀퉁이를 찢어 잘근잘근 씹기 시작했다.

　나는 그에게 들킬까봐 더럭 겁이 났다. 그래서 가만히 쟁반을 내려놓고 자리를 떴다.

나는 침대에 누워 멍하니 책장을 넘기고 있었다. 준오가 들어왔다. 머리카락에 흐르는 초콜릿색 광택. 그는 이발을 하고 오는 길이었다.

　"노크 좀 하고 들어와."

　박씨 아저씨가 문을 열어준 모양이었다. 그가 신발을 벗었다. 신발 밑창에 묻은 눈이 녹아내렸다.

　"그건 밖에 내놔."

　그는 내가 계속 쌀쌀맞게 굴면 그냥 가버리겠다고 했다. 가거나 말거나. 안 간다면, 신발은 밖에 내놓기를. 그가 투덜거리며 신발을 내놓고는 내 옆에 앉더니 뭘 그렇게 열심히 읽느냐고 물었다. 나는 책 표지를 들어 보여주었다. 스웨터를 벗기기 위해 그가 내 팔을 벌렸다. 내 젖가슴이 팽팽해졌다. 얼음처럼 차가운 손이 내 살을 파고들었다. 드러내놓고 말하진 않았지만, 그가 나를 평가하고, 비교하고, 이리저리 재보고 있다는 것이 느껴졌다. 나는 그를 밀쳐냈다. 그가 한숨을 쉬었다. 그러고는 나에게 핸드폰을 내밀며 강남에 있는 모델 에이전시 사이트를 보여주었다. 그는 면접을 보기 위해 이틀 후에 출발할 작정이었다. 그가 일어나서 한참 거울을 들여다보더니 에이전시 사람들이 자기한테는 성형수술을 안 해도 되겠다고 하겠지만, 필요하다면 코, 턱, 눈을 다시 할 각오가 되어 있다고 말했다. 그러고는 내 쪽을 돌아보며 요즘 성형병원들이 세일을 하고 있으니 나도 한번 알아보는 게 어떻겠느냐고, 원하면 얼굴 카탈로그를 가져다주겠다고 말했다. 그가 자신의 오른쪽 귀 뒤를 유심히 살폈다. 그에 따르면, 누구든 마음만 먹으면 더 예쁘고 더 잘생겨질 수 있었다. 특히 내가 그랬다. 나중에 서울에 가서 일하고 싶다면. 외모가 그리 중요하지 않다고 말들은 하지만. 결국, 모든 것은 어떤 일을 하느냐에 달려 있었다. 그가 침대에 털썩 주저앉더니 한 손을 내 허벅지에 올려놓았다. 나는 니트 원피스를 입고 있었는데, 스타킹은 벗고 있었다. 그가 손가락으로 내 흉터, 어릴 적 갈고리 위에 넘어져 생긴 길고 가는 흔적을 어루만졌다. 내가 불쑥 책을 내려놓으며 말했다.

"좋아. 넌 내가 어땠으면 좋겠어?"

그가 웃었다. 갑자기 왜 그래? 그는 내가 완벽하다고 했다. 그가 내 머리카락을 귀 뒤로 넘겨주고는 침대에 눕더니 한쪽 다리를 내 다리 위에 올려놓고 키스를 했다. 나는 입을 벌리지 않았다. 그는 내가 늘 하고 싶어 하지 않는다고, 며칠 동안 못 볼 텐데도 그런다고 투덜거렸다. 나는 나도 그가 보고 싶을 거라고, 하지만 펜션에 일이 많아 시간이 금방 지나갈 거라고 말했다. 준오는 문을 쾅 닫고 나가버렸지만, 그러기 전에 내가 원하면 다음 날 자기 집에 와서 자도 된다고 말하는 것을 잊지 않았다.

아침 아홉 시 반. 나는 아침 설거지를 하고 있었다. 젊은 남녀가 똑같은 잠옷(여자는 분홍색, 남자는 회색) 차림으로 나왔다. 여자가 피곤한 몸짓으로 커피를 따라 마셨다. 붕대를 감은 얼굴이 판다 곰처럼 보였다. 여자는 숟가락 끝으로 요구르트를 조금씩 떠먹었다. 남자는 토스트에 감 잼을 발라먹었다. 그들은 각자 핸드폰을 들여다보며 한동안 식탁에 앉아 있었다. 와이파이가 방보다 훨씬 잘 터진다면서. 일본인 등산가는 새벽 다섯 시 반에 아침을 먹고 일찌감치 산으로 올라갔다. 블랙커피, 식빵 네 쪽, 길이로 잘라 버터를 바른 바나나 한 개.

나는 접수대와 주방 사이의 통유리를 통해 케랑이

들어서는 것을 보았다. 그가 말을 걸자, 박씨 아저씨가 당황한 표정을 지으며 머뭇거리더니 나를 불렀다. 그는 영어를 잘 하지 못했다. 나는 하던 설거지를 내버려 두고 손을 닦았고, 안경에 뿌옇게 낀 김이 가실 때까지 기다렸다가 그들에게로 갔다. 케랑은 휴전선을 방문하고 싶어 했다. 나는 그에게 버스는 검문소까지만 간다고, 비무장지대에 있는 관측소에 가려면 차가 있어야 한다고 설명했다. 케랑은 차를 빌리고 싶어 했다. 박씨 아저씨가 렌터카 영업소에 전화를 걸었다. 국제면허증이 있어야만 했다. 케랑이 국제면허증은 없지만 프랑스 면허증은 있으니 어떻게 좀 해보라고 했다. 박씨 아저씨는 안됐지만 그것으로는 안 된다고 말했다. 내가 운전을 해줄 수 있다고 제안했다. 그들이 놀란 표정으로 날 빤히 쳐다보았다. 박씨 아저씨는 방 청소를 끝내 놓고 간다는 조건으로 허락했다.

"일이 많으면 다른 날 가도 돼요." 케랑이 말했다.

우리는 월요일에 가기로 했다. 나는 케랑에게 곧 식탁을 치울 건데 식사는 했는지 물었다. 그는 시장하지 않다며 산책이나 하고 오겠다고 했다.

나는 그가 방을 비운 틈을 타 별채로 청소를 하러 갔다. 쟁반은 내가 놓아둔 자리에 그대로 놓여 있었다. 케랑은 분명히 쟁반을 봤을 것이다. 본채로 오려면 그걸 넘어야 했을 테니까. 나한테 가져다줄 수도 있었잖아. 적어도 고맙다는 말 한마디쯤은 할 수도 있었잖아. 시간을 내어 휴전선까지 운전을 해줘도 전혀 고마워할 사람이 아니라고 나는 속으로 투덜거렸다.

커튼을 통해 스며든 빛이 방의 색조를 따뜻하게 데우고 있었다. 나는 책상을 따라 흘러내린 검은 잉크의 흔적을 발견했다. 걸레로 문질렀는지 얼룩이 흐려져 있었다. 향로에서 연기 한 줄기가 피어올랐다. 향로 옆에 낙산사 향 한 곽. 가방은 방 한구석에 놓여 있었다. 크기로 보아 갈아입을 옷 두세 벌 챙겨 넣으면 꽉 찰 것 같았다. 나는 가방을 살짝 열어보았다. 가지런히 갠 옷가지들, 잉크, 작잠사로 싼 붓 몇 개, 그리고 책 한 권. 서류철 속에 나와 함께 산 종이들이 들어 있었다. 백지 상태로. 나는 청소를 끝내기 전에 그가 돌아올까봐 세제로 바닥을 문지르기 시작했다. 잉크는 지워져도 흔적들은 남을 터였다. 나는 던킨 도넛 상자와 파리 바게

트 치즈케이크 포장지가 들어 있는 쓰레기통을 비웠다. 방을 나서기 전에 가방을 잘 닫았는지 다시 한 번 확인했다.

펜션 본채 층계참에서 젊은 남녀가 외출할 준비를 하고 있었다. 여자는 팔로 허리를 두르고 있는 남자에게 매달리듯 했는데, 하이힐 굽이 높아 걸음걸이가 마치 타조 같았다. 남자가 오후에 돌아올 테니 방 청소를 좀 해놓아달라고 부탁했다. 나는 순식간에 해치워버렸다. 시트도 갈고, 환기도 하고. 쓰레기통에 콘돔 두 개, 안면용 나이트크림 곽 하나, 귤껍질이 들어 있었다.

준오는 내 배에 등을 대고 아직 자고 있었다. 나는 손가락 끝으로 그의 어깨를 따라 선을 그려 내려갔다. 그때 자명종이 울렸다. 준오가 투덜거리며 자명종을 껐다. 그의 숨결에서 소주 냄새가 났다. 너무 많이 마셨는지 나도 머리가 무거웠다. 나의 포옹은 진심어린 것이 아니었다. 그가 침대 발치에 있던 폴라로이드 사진기를 집어 나에게 들이댔다. 그는 내 이미지를 가져가고 싶어 했다. 나는 이불을 당겨 얼굴을 가렸다. 그래도 그는 사진을 찍었다. 내가 얼굴을 내밀고 돌아봤을 때 그는 허리띠 버클을 채우고 있었다. 그는 살이, 근육이 많이 빠졌다. 그가 셔츠 단추를 채우면서 입술을 꽉 깨물었다. 어린애처럼 토라지기는. 짜증이 난 나는 속으로 생각했다. 욕실에서 나온 그는 내 이마에 뽀뽀를 했다. 그리고 방 열쇠는 두고 갈 테니 서울에서 돌아오면 돌려달라 말하고는 가방을 집어 들고 방을 나섰다.

나는 그의 발소리가 층계에서 사라질 때까지 기다렸다가 일어났다. 그는 침대 위에 놓인 사진을 잊고 갔다. 나는 그것을 뒤집어보았다. 색깔이 아직 완전히 인화가 되어 있지 않았다. 인물사진 크기. 전면에 찍힌 내 허리가 늑골과 견갑골의 사막을 향해 멀어지고 있었다. 그 뼈들이 생각보다 많이 튀어나와 있어서 나는 내심 놀랐다. 그러다가 내 눈으로 내 등을 한 번도 본 적이 없으니 내가 나를 알아보지 못하는 건 당연하다는 생각이 들었다. 나는 샤워도 하지 않고 서둘러 옷을 입었다.

준오는 펜션에서 꽤 떨어진 시내의 원룸에서 살고 있었다. 시간 여유가 있어 나는 천천히 걸어서 돌아가기로 했다. 모래 위에 쌓인 눈이 따뜻한 햇살에 녹아내렸다. 나는 며칠 전에 봤던 실루엣, 바람에 휘는 버드나무처럼 모직 외투에 등이 굽은 남자의 실루엣을 상상했다.

나는 외로웠다.

펜션으로 돌아오자마자 비가 내리기 시작했다. 박씨 아저씨는 비가 오면 늘 옥상 난간에 방수포를 걸쳐서 외부에 노출된 시설을 보호했다. 내가 옥상으로 방수포를 가지러 갔다. 옥상 문이 열려 있었다. 케랑이 우산을 든 채 옥상 난간에 서 있었다. 그가 고개를 숙여 내게 인사를 하고는 돌아서서 도시를 물끄러미 바라보았다.

"마치 플레이모빌 세상 같아요."

내가 방수포를 들쳐 안고 다시 내려가려는데 그가 말했다.

"네?"

"알록달록한 저 작은 사람들……."

"플레이모빌이 뭔지는 저도 알아요."

"플레이모빌 상자를 열면 늘 각종 액세서리들, 지붕이 알록달록한 작은 건물들이 들어 있죠. 속초를 바라보면 그게 생각나요."

나는 속초를 진지하게 관찰해본 적이 없었다. 나에게 속초는 그런 도시가 아니었다. 나는 케랑에게 다가갔다. 우리 앞에 펼쳐진 오렌지색과 푸른색 함석지붕의 바다, 시커멓게 탄 영화관의 잔해. 그 너머 항구, 그리고 어시장. 나는 거기서 일하는 엄마를 떠올렸다. 케랑이 나를 힐끔 쳐다보더니 방 청소를 해줘서 고맙다고 했다. 나도 그를 똑바로 쳐다보지 못한 채 고개만 끄덕였다.

숙박비에 아침식사 비용까지 포함되어 있었지만 케랑은 한 번도 식사를 하러 오지 않았다. 한국음식을 그리 좋아하지 않는 것 같았다. 나는 그 전날 그에게 프랑스 음식인 크림 파스타를 만들어주겠다고 제안했다. 그래도 그는 오지 않았다. 박씨 아저씨도 다른 손님들도 파스타를 그리 좋아하지 않았다. 그의 방에서 또다시 제과점 포장지가 나왔다. 나는 향토 음식을 좋아하지 않는 외국인을 위해 두 번 다시 그런 노력을 하지 않으리라 마음먹었다. 그런데 그의 그림이 자꾸 내 머릿속에서 맴돌았다.

나는 잠시 멍하니 서 있었다.

"월요일에 휴전선 가는 거죠?" 그가 물었다.

"네."

약간 심통이 난 나는 그를 향해 돌아보며 옥상에 계속 있을 거냐고 물었다. 안 그러면 문을 잠그겠다고. 그는 더 있겠다고 했다.

나는 찜질방에나 다녀와야겠다고 생각했다. 오랜만에 뜨거운 유황온천 물에 몸을 담그고 오면 좋을 것 같았다. 나는 때수건으로 발, 다리, 엉덩이, 배, 팔, 어깨, 가슴을 오랫동안 문질러 쌓인 때를 벗기고 뜨거운 물에 몸을 담그고 앉았다. 근육과 지방 덩어리를 싸고 있는 피부가 허벅지에 남은 흉터처럼 발그스레하게 익을 때까지.

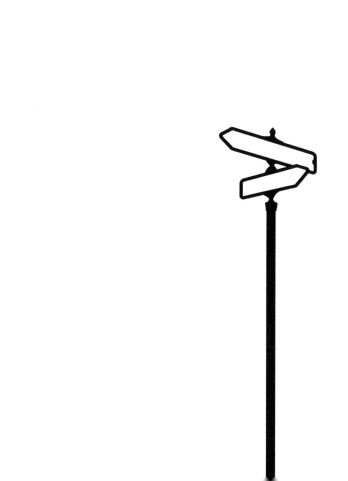

구름이 바람에 밀려 아스팔트 위로 꾸역꾸역 몰려들었다. 해가 기울고 있었다. 길 양쪽, 마을의 잔해들. 상자와 비닐봉지, 푸른색 함석지붕. 강원도는 전후에 이뤄진 국토개발에서 소외되었다. 나는 너무 늦겠다며 케랑에게 가속페달을 밟으라고 주문했다. 도로표지판은 내가 통역해주었다. 차에 탈 때 나는 그에게 열쇠를 넘겼다. 나는 운전을 싫어했을뿐더러, 그를 위해 운전을 해줄 의사가 전혀 없었다. 그는 기꺼이 운전대를 잡았다.

검문소에서 나보다 어린 병사가 우리에게 몇 가지 서류를 작성하게 했다. 스피커에서 준수사항들이 반복적으로 흘러나왔다. 사진촬영 금지. 영상촬영 금지. 지정행로 이탈 금지. 고성방가 금지. 나는 작성한 서류들을 병사에게 돌려주었다. 그가 거수경례를 했고, 비무장지대로 통하는 철책 문이 열렸다. 베이지색과 회색이 끝없이 펼쳐져 있었다. 갈대. 늪. 듬성듬성 나무 한 그루. 관측소까지 가려면 2킬로미터를 더 달려야 했다. 무장병력 수송차가 우리를 호위하듯 따라오다가 옆길로 샜다. 도로 위에는 우리뿐이었다. 도로가 눈 쌓인 구덩이들 사이로 구불구불 이어지기 시작했다. 케랑이 갑자기 급제동을 하는 바람에 나는 앞 유리창에 머리를 부딪칠 뻔했다.

"저 여자, 길을 건너는 줄 알았소."

두 손으로 운전대를 움켜잡은 채 그가 말했다.

길가에 여자 하나. 분홍색 상의 아래 굽은 등. 케랑이 그녀에게 지나가라는 손짓을 했다. 그녀는 뒷짐을 진 채 꼼짝도 하지 않았다. 케랑이 조심스럽게 다시 출발했다. 나는 백미러를 통해 그녀가 우리 방향으로 걸어오는 것을 보았다. 그녀는 우리가 커브를 돌아 완전히 사라질 때까지 눈으로 우리를 좇았다. 난방 때문에 목이 바짝 말라왔다.

　관측소 주차장에 내리자 외투 자락이 바람에 날려 다리를 마구 후려쳤다. 떡을 파는 트럭에서 차갑게 식은 기름 냄새가 났다. 케랑이 호주머니에 손을 집어넣었다. 오른쪽 호주머니에서 화첩이 툭 튀어나와 있었다. 우리는 관측소로 가기 위해 언덕을 올랐다. 줄지어 늘어선 망원경. 오백 원짜리 동전을 넣으면 북한을 관찰할 수 있었다. 내가 동전을 넣었다. 망원경 가장자리에 서리가 맺혀 눈꺼풀이 들러붙었다. 오른쪽으로는 바다. 왼쪽으로는 산들의 방벽. 전방에는 안개. 이런 날씨에 그 이상을 기대하는 것은 무리였다. 우리는 다시 주차장으로 내려왔다.

　튀김을 파는 아줌마가 아까 길에서 마주쳤던 여자와 얘기를 나누고 있었다. 나를 알아본 여자가 나를 덥석 붙들고는 꺼칠꺼칠한 손으로 내 뺨을 어루만졌다. 나는 그녀의 손을 뿌리쳤다. 여자가 뭐라고 칭얼거렸다. 나는 케랑의 팔을 잡았다. 그가 가만히 내 어깨를 감쌌다.

　"저 여자, 뭐래요?"

　"우리 모두 하느님의 자식이라면서…… 저더러 예쁘

대요."

튀김장수가 보라는 듯 냄비 속에 떠다니는 튀김을 가리켰다. 기름이 구멍들 속으로 스며들면서 작은 거품들을 통해 공기를 뿜어내고 있었다. 나는 관심 없다는 듯 고개를 가로저었다. 여자가 계속 칭얼거렸다. 케랑이 나를 자동차로 데리고 갔다.

나는 차 안으로 들어오자마자 난방장치에 다리를 갖다 대고는 두 손을 허벅지 사이에 넣고 비벼댔다. 그래도 몸이 데워지질 않았다. 우리는 박물관으로 향했다. 해가 저물 무렵이었고, 나는 전날부터 먹은 게 아무것도 없었다. 나는 가방 바닥에서 진홍색 포장이 터져 산산조각이 나버린 초코파이를 꺼내 한 조각씩 먹었다.

"마지막으로 여기 온 게 언제였어요?" 케랑이 물었다.

"오늘이 처음이에요."

"한 번도 안 와봤단 말이오, 말하자면 동포애 때문에라도?"

"망원경을 들여다보며 눈물 몇 방울 찔끔거리는 게 무슨 동포애라고요?"

"내가 하려던 말은 그게 아니었어요."

"여기 오는 건 관광객들뿐이에요."

케랑은 더는 아무 말도 하지 않았다. 박물관 입구, 개성 없는 매표소 안에서 여자 얼굴 하나가 마이크에 입을 바짝 갖다 댔다. 오천 원.

"두 사람에 오천 원이요?" 내가 물었다.

불쑥 튀어나온 눈이 나를 천천히 올려다보았다. 예스, 포 투 피플. 케랑이 고맙다고 말했다. 나는 그 여자가 케랑 앞에서 우리 언어로 대답하지 않은 데서 오는 굴욕감을 애써 삼켰다. 라텍스로 된 것 같은 손이 우리가 따라야 할 행로를 가리켰다.

모든 게 과했다. 크고, 차갑고, 비어 있었다. 우리의 신발 굽 소리가 대리석 바닥 위에서 울려 퍼졌다. 케랑은 주머니에 손을 찌른 채 무심한 표정으로 이곳저곳을 둘러보았다. 그가 마침내 가죽 모자들이 전시된 곳 앞에서 멈춰 섰고, 게시판에 쓰인 내용을 통역해달라고 나에게 부탁했다.

게시판에는 1950년부터 휴전조약이 체결된 1953년 7월 27일까지 소련과 중공의 지원을 받은 북한과, 미국과 유엔의 지원을 받은 남한이 전쟁을 벌였다는 것, 그리고 북위 38도 지점에 위치한 길이 238킬로미터 폭 4킬로미터의 비무장지대 한가운데 세상에서 가장 많은 군대가 밀집해 있는 이 경계선이 세워졌다는 내용이 요약되어 있었다. 3년 만에 민간인과 군인 2~4백만 명이 사망했다. 평화협정은 아직 단 한 번도 체결되지 않았다.

케랑은 고개를 숙이고 한 손으로 흘러내리는 머리카락을 붙든 채 내 말에 귀를 기울였다. 나의 경우, 유일하게 관심이 간 것은 북한 학생들의 신발과 푸른색 포장의 초코파이가 전시된 진열창이었다. 분단이 되지 않았다면, 아마 나는 진홍색이 아닌 푸른색 포장의 초코파이를 먹었을 것이다. 저 초코파이들은 진짜일까? 포장 안에 정말 초코파이가 들었을까, 아니면 전시용으로 그럴듯하게 포장만 해놓은 것일까?

나는 핸드폰을 꺼내 시간을 보았다. 내 손가락 끝이 하얗게 질려 있었다. 만져봤지만 아무 감각도 없었다. 십 분 후에도 핏기는 돌아오지 않았다. 나는 케랑에게 그 사실을 알렸다. 그가 자기 손으로(따뜻했다!) 내 손을 감싸고는 내가 이렇게 추워하는 건 정상이 아니라고 말했다. 나는 늘 춥다고, 괜찮다고 대답했다. 그가 고개를 젓고는 내 손을 자기 호주머니에 넣었다.

박물관 마지막 전시실에는 군인들의 야영지가 재구성되어 있었다. 전시실 안쪽에는 군인을 본뜬 밀랍인형들이 볏짚 위에 누워 있었다. 그 방은 기념품 판매점 역할도 했다. 거기서는 평양 술, 아이들의 그림 그리고 김일성 부자의 초상이 새겨진 배지를 살 수 있었다. 계산대 뒤에 여자 마네킹이 회색 제복 차림으로 서서 앞을 바라보고 있었다. 나는 가까이 다가갔다. 눈꺼풀의 깜빡임. 그것은 살아 있었다. 판매원이었다. 나는 그녀의 시선을 끌어보려고 시도했다. 입술의 움직임도, 눈썹의 꿈쩍임도 없었다.

나는 케랑에게 그만 나가고 싶다고 말했다.

돌아오는 길, 우리는 아무 말도 하지 않았다. 바다 표면이 비에 두들겨 맞아 고슴도치 털처럼 곤두섰다. 케랑은 왼손으로 운전을 했다. 변속기를 조작하는 오른손이 내 무릎을 스쳤다. 우리 사이에는 화첩과 그 위에 올려놓은 그의 장갑뿐이었다. 그의 손톱은 잉크로 꺼 멓게 물들어 있었다. 마음이 어지러웠던 나는 차문 가 까이에 붙어 앉으려고 애썼다. 좌석이 뒤로 젖혀 있어 서 오는 내내 자세가 불편했다.

그날 밤에도 나는 살짝 열린 문 틈새를 통해 그를 엿 봤다. 책상에 앉아 상체를 숙이고 있는 그는 더 늙어 보 였다. 그는 뒤로 젖혀진 여자의 상체를 그리고 있었다. 드러난 젖가슴, 엉덩이의 곡선에 반쯤 가려진 발. 그녀 는 요 위에서 뒹굴고 있었다. 마치 그녀를 피하기 위해 서인 양, 그는 마룻바닥과 요의 세부를 그려나갔다. 하 지만 얼굴 없는 그 몸은 생명을 요구하고 있었다. 연필 로 배경 묘사를 마무리하자, 그는 여자의 눈을 그려 넣 기 위해 펜을 집어 들었다. 여자가 앉았다. 똑바로. 머 리카락을 뒤로 늘어뜨린 채. 턱이 입을 그려주길 기다 리고 있었다. 펜이 움직이는 리듬에 따라 케랑의 호흡 도 점점 가빠졌다. 종이 위에서 아주 흰 치아들이 깔깔 웃음을 터뜨릴 때까지. 여자치고는 지나치게 낮은 목 소리. 케랑이 병에 든 잉크를 모조리 쏟아붓자, 여자가 비틀거리며 또다시 소리를 지르려고 했다. 하지만 검은 잉크가 그녀의 입술 사이로 흘러 들어갔다. 그녀가 사라질 때까지.

우리말 검색엔진으로는 '얀 케랑Yan Kerrand'에 대한 정보를 전혀 찾을 수 없었다. 하지만 프랑스 구글을 검색해보니 그가 그린 만화의 발췌본이 나왔다. 그는 작품에 '얀'이라는 서명을 남겼다. 그의 작품 중 가장 널리 알려진 시리즈의 마지막 권, 제10권이 다음 해에 출간될 예정이었다. 나는 독자와 비평가들의 서평을 통해 그 시리즈가 세계를 돌아다니는 한 고고학자의 이야기라는 것을 알 수 있었다. 작품마다 다른 장소, 무색 잉크 화畵 속으로의 여행. 말은 거의 없고, 대화는 아예 없었다. 고독한 남자. 주인공은 저자와 놀라울 정도로 닮아 있었다. 다른 인물들은 대개 흐릿한 그림자로 처리됐지만, 그의 윤곽은 아주 또렷하게 드러났다. 가끔 그는 다른 인물보다 훨씬 크기도 했고, 정반대로 아주 작기도 했다. 아무튼 이목구비가 또렷한 건 주인공뿐이었다. 다른 사람들은 의자, 돌멩이, 나뭇잎의 세부에 가려 흐려졌다. 상을 받은 적이 있는지 수상식에 참석한 케랑의 모습이 한 지면에 실려 있었다. 그는 어색하게 웃고 있었다. 각진 턱에 짧게 자른 적갈색 머리칼, 키가 그만큼이나 큰 여자가 그의 곁에 서 있었다. 출판사의 언론담당? 그의 아내? 그들은 썩 잘 어울리지 않았다. 나는 유부남이 돌아올 기약 없는 여행을 하지는 않을 거라고 생각했다. 게다가 그녀는 그가 그린 여자와는 닮은 구석이 없었다. 그림 속의 여자가 훨씬 부드러웠다.

차가운 빛이 내 방을 적시고 있었다. 나는 창문을 열었다. 잠이 완전히 깬 후에 다시 닫았다. 나는 기계적으로 스웨터에 팔을 꿰다가 생각을 바꿔 아크릴 섬유로 된 튜닉을 꺼내 입어보았다. 거울 앞에 서서 내 모습을 이리저리 비춰보았다. 그러고는 튜닉을 벗어버렸다. 정전기가 일어 머리카락이 곤두섰다. 나는 손바닥에 침을 발라 곤두선 머리카락을 눕히고 다시 스웨터를 입었다.

주방으로 내려가자 옷을 아무렇게나 걸친 청년이 여자친구는 아직 잔다고, 아침을 먹으러 나오지 않을 거라고 말했다. 일본인 역시 보이지 않았다. 케랑의 경우,

나는 이미 기다리기를 포기했다. 할 일이 없어진 나는 커피에 우유를 아주 많이 타서 마셨다.

핸드폰이 울렸다. 준오였다. 떠난 지 이틀밖에 안 됐는데, 나에게 그의 존재는 이미 희미하기만 했다. 그는 면접 일정이 길어져서 예정보다 오래 서울에 머물게 됐다고 말했다. 그는 내 소식을 묻지 않았지만 내가 보고 싶다고는 했다.

박씨 아저씨가 출근했다. 그는 시장하지 않으니 그냥 시루떡이나 하나 달라고 했다. 등산하는 아저씨는요? 그 일본인은 전날 도쿄로 돌아갔다고, 방 청소를 했으면 알았을 것 아니냐고 그가 중얼거렸다.

"어젠 제가 쉬는 날이었잖아요." 내가 변명하듯 말했다.

그래도 다른 손님이 올지 모르니 방은 치워놓아야 할 것 아니냐고 그가 쏘아붙였다. 이 엄동설한에 손님은 무슨, 내가 속으로 쫑알거렸다.

박씨 아저씨는 계산대 뒤에 앉아 오전 내내 곁눈질

로 나를 감시했다. 내가 그 프랑스인을 다른 손님들처럼 대하지 않는 게 눈에 거슬린 모양이었다. 케랑이 펜션에 묵은 지 2주가 다 되어갔다. 그는 거의 눈에 띄지 않았지만 외출을 할 때도 문은 열어두었다. 나는 소지품 위치가 바뀌지 않게 조심해가면서 아주 꼼꼼하게 방 청소를 했다. 가끔 그의 주인공이 등장하는 그림을 발견하기도 했는데, 완성된 것은 없었다. 그는 많은 그림을 버렸다. 그가 밤에 그리는 여자, 나는 쓰레기통을 비우면서 갈가리 찢긴 그녀를 발견하곤 했다.

엄마가 새 한복을 사주겠다고 성화를 부리는 통에 오후에 만나기로 했다. 설이 다가오고 있었다. 엄마는 나더러 때가 때인 만큼 여자다운 옷을 입어야 한다고 말했다. 웃기시네. 내가 설날에 한복을 입지 않은 게 벌써 몇 해젠데. 엄마가 난리를 치는 것은 올 설날에 내려오겠다고 연락이 온 서울 큰이모 때문이었다. 엄마는 때 빼고 광내려고 날 들볶을 터였다.

김씨 아줌마네 골목을 지나는데 케랑이 담요를 든 채 맞은편에서 걸어오고 있었다. 내가 빙판을 조심하라고 말해줄 틈도 없이 그는 미끄러져 넘어지고 말았다. 내가 달려갔다.

"너무 어두워서……." 그가 이마를 찡그린 채 일어서며 말했다.

"겨울이라 그래요……."

"하긴."

"익숙해져요."

"그래요?"

그가 바지를 털며 말했다. 추위에 얼굴이 검붉게 얼어 있었다.

"그럼요."

나는 거짓말을 했다.

내가 주변을 둘러보며 말했다.

"저 불빛들, 저 모든 것들…… 익숙해져요."

그가 흙을 털어내기 위해 장갑을 마주대고 비벼댔다. 내가 땅바닥에 떨어진 담요를 가리켰다.

"저한테 빨래 맡기시려고요?"

내 말에 밴 빈정거림을 알아차리지 못한 채 케랑이 담요를 집어 들었다. 잉크를 쏟았어요. 미안해요. 그가

정말 난감해하는 것처럼 보였기 때문에 나는 괜찮다고
말했다.

"좀 맡겨도 될까요?" 그가 한시름 던 것 같은 표정으
로 물었다.

내가 팔을 내밀었다. 그가 고개를 저었다.

"당신에게 떠넘기려던 게 아니라, 그냥 세탁을 해줄
수 있는지 알고 싶었어요."

"해줄 수 있다고 했잖아요."

"그럼 세탁기에 넣을까요?"

"아뇨. 잉크를 지우려면 특별한 세제가 필요해요."

그가 어깨를 축 늘어뜨렸다.

"방에 그냥 두세요. 제가 알아서 할게요."

"성가실 텐데……. 원하는 곳까지 내가 들어다줄게
요."

약속에는 늦게 생겼지만, 난 그 예기치 못한 일에 오
히려 기분이 좋았다.

세탁장에서 나는 케랑에게 그의 작업에 대해 좀 알
아봤노라고 털어놓았다. 그가 나에게 만화를 보느냐고

물었다. 나는 거의 안 보지만 관심은 있다고 대답했다.

"새 만화책이 곧 나온다던데, 맞나요?"

"내 발행인에 따르면, 맞아요."

"영감의 문제?"

그가 슬며시 웃었다.

"영감은 작업의 아주 미미한 부분에 지나지 않아요."

"당신 그림, 아름다워요."

문득, 한 이미지에서 아름다운 것과 그렇지 않은 것을 판단하는 객관적 기준들을 내가 잘 모른다는 생각이 들었다.

"그러니까 제 말뜻은 당신 그림이 마음에 든다는 거예요."

그러지 않기를 바랐건만 그는 자기 그림에서 뭐가 마음에 드는지 프랑스어로 말해보라고 했다. 나는 2년 전부터 프랑스어 단어를 한 번도 발음해본 적이 없었다. 담요에 세제를 묻히는데, 케랑이 등 뒤에 있다는 게 느껴져 영 불편했다. 세탁장 안은 습기가 많고 더웠다. 탈취제도 안 뿌린 겨드랑이에서 땀 냄새가 날까봐 신경 쓰였다. 결국, 그가 세탁장에서 나갔다. 나는 담요를 펼쳤다. 담요에서 그가 전날 밤 그림을 그릴 때 입었던 셔츠가 떨어졌다. 나는 그것을 마구 비벼 모직에 붙들 린 그의 체취를 해방시켰다.

엄마가 지켜보는 가운데, 한복집 아줌마는 젊음의 색깔인 붉은색과 노란색으로 의견일치를 볼 때까지 나에게 여러 벌의 한복을 입어보게 했다. 소매가 볼록한 저고리, 젖가슴 바로 아래에서 시작해 발까지 온몸을 덮는 비단치마. 나는 비만환자처럼 보였다.

한복집에서 나선 엄마가 옷가게 진열창을 향해 돌아서서 금실로 수를 놓은 분홍색 블라우스를 한참 동안 바라보았다.

"저거 어떠니?" 엄마가 물었다.

나는 피식 웃었다. 엄마는 입술을 깨물고 고개를 숙였다. 나는 별 뜻 없이 웃은 거라고, 안 그래도 옷 사 입은 지 꽤 됐는데 한번 입어보지 그러느냐며 수습을 시도했다. 엄마는 어깨에 가방을 고쳐 메며 그 옷은 자기 스타일이 아니라고 대꾸했다.

　엄마가 비닐 코팅된 생선장수 작업복을 벗는 건 드문 일이었다. 그날 엄마는 벨벳 바지 차림에 워킹화를 신고 있었다. 엄마는 붉은색 립스틱과 전혀 안 어울리는 날염 무명 스카프로 머리를 질끈 묶은 채 한 손으로 횡격막을 떠받치고 헐떡거리며 걸었다. 걱정스러워하는 내 표정을 보고 엄마는 아무것도 아니라고, 약간 결려서 그러는 거라고 말했다. 틀림없이 그 빌어먹을 습기 때문일 거라며. 나는 어서 병원에 가보라고 했다.

　"걱정할 거 없어. 어여 와! 어디 가서 맛있는 거나 먹자. 둘이서 오붓하게 시간 보내는 것도 오랜만이잖아."

　나는 마지못해 따라나섰다.

　항구 초입에 있는 한 허름한 식당에서 엄마는 해물파전과 시골 막걸리를 주문했다. 나는 내가 먹는 음식의 양을 하나하나 철저하게 계산했다.

　엄마가 말했다.

　"네 한복 색깔, 아주 예뻐. 잘 놔뒀다가 네 결혼식 때 입어도 될 것 같아. 하지만 그걸 다시 꺼내 입으려면 몸매관리에 신경 좀 써야 할 거야."

나는 점점 더 빨리 씹기 시작하며 젓가락으로 막걸리를 휘저었다. 그러고는 사발째 벌컥벌컥 들이켰다. 막걸리가 배 속 깊이 흘러 들어가기 전에 부디 그 진한 흰색으로 식도를 도배해주기를. 명절이 가까워지면서 어물이 늦게 입하된다고 엄마가 걱정했다. 명절을 제대로 치르려면 주내로 복어가 들어와야 하는데, 사방에 문어만 널렸다고 투덜거렸다. 이내 엄마의 말은 귀에 들어오지 않는다. 나는 더 이상 계산하지 않고 먹고 마셨다.

복어 내장에는 치명적인 독이 들어 있다. 하지만 반투명한 생살은 진정한 예술작품을 구현하게 해준다. 엄마는 속초에서 유일하게 복어 요리 자격증을 가진 생선장수로서 솜씨를 뽐내고 싶을 때마다 그 요리를 했다.

내가 사레가 들려 기침을 해댔다. 외투에 막걸리가 묻었다. 엄마가 계속 말을 이어가며 방금 자기 입가에 묻은 기름을 닦은 휴지로 내 외투를 문질러댔다. 얼룩에서 벌써 상한 우유 냄새가 나기 시작했다. 엄마가 다시 내 사발을 채웠다. 나는 구역질이 났다. 그래도 마시고 먹었다. 나는 엄마 앞에서는 늘 지나치게 많이 먹었다. 엄마가 흡족한 표정을 지으며 해물파전을 하나 더 시켰다.

"넌 잘 먹을 때가 제일 예뻐."

나는 목구멍에서 치밀어 오르는 눈물과 입속에 마구 욱여넣은 음식을 함께 삼켰다. 억지로 먹어 빵빵하게 부풀어 오른 배 때문에 펜션까지 걸어가는 게 그야말로 고역이었다.

설날은 가족끼리 보내는 게 관습이었다. 조상의 무덤을 찾아 절을 올리기 전에 떡국을 먹는 것도. 엄마에게는 나밖에 없었다. 박씨 아저씨한테는 떡국을 미리 끓여놓겠다고 했다. 그와 붕대 아가씨, 그리고 황송하게도 내 요리를 기꺼이 먹어주겠다면, 케랑을 위해 데우기만 하면 되게.

남자친구가 서울로 돌아간 후로 붕대 아가씨는 방에 틀어박혀 시간을 보냈다. 방 청소를 하러 가보면 옷가지들이 각종 심리테스트 난이 꼼꼼하게 채워진 여성잡지들과 뒤섞여 침대 위에 널브러져 있었다. 가끔 나도 심리테스트 난을 채워봤다. 비교해보려고. 당신은 개입니까, 고양이입니까? 그녀는 그 둘 사이였고, 나는 고양이었다. 가끔 그녀는 공용실로 나와 텔레비전을 보기도 했다. 드라마, 중국이나 홍콩 영화. 그럴 때면 얼굴의 붕대가 한 겹 정도 벗겨져 있었다. 그래도 그녀가 어떻게 생겼는지 알 수는 없었다.

설날 준비로 속초가 화려하게 변신했다. 반짝이 전등 장식이 시내 중심대로를 따라 개선문까지 설치되었다. 밝은 푸른색 금속으로 된 개선문은 최근 지느러미 사이에 '로데오 거리'라는 표지판을 매달고 조롱하듯 흔들어대는 돌고래 풍선으로 장식되었다.

나는 장을 보러 마트에 갔다가 만화코너에서 잠시 발길을 멈췄다. 책이 몇 권 꽂혀 있지 않았다. 게다가 서양 작품은 단 한 권도 없었다. 나는 손에 잡히는 대로 뒤적이다가 예전에 흥미롭게 읽었던 몇 안 되는 만화 중 하나를 찾아냈다. 아주 오래전에 살았던 엄마와 딸의 이야기였다. 선명하고 화려한 그림이 케랑의 것과는 많이 달랐다. 나는 그 만화를 샀다.

케랑은 공용실에서 《코리아 타임스》를 뒤적이고 있었다. 내가 들어서는 것을 보고 그가 신문을 덮었다. 나는 그에게 만화책을 내밀었다.

"한국말로 된 거예요. 하지만 대화는 거의 없어요……."

읽는 법을 배우는 아이처럼 그는 검지로 칸들을 훑어나갔다. 십여 페이지를 넘긴 후 그가 눈을 들었다. 배가 고프다고 했다. 같이 저녁을 먹겠느냐고? 당황한 나는 대답을 하지 않았다. 그가 대답을 기다리고 있었기 때문에 나는 결국 무국을 끓이겠다고 말했다. 케랑은 밖에 나가서 먹자고 했다. 나는 은근히 화가 났지만 해안가에 있는 생선 횟집을 제안했다.

식당 주인들이 바람막이용으로 그들의 가건물 앞에 방수포를 쳐놓았다. 손님은 주로 노인들이었다. 손님을 끌기 위해 식당 주인들이 외치는 소리가 솥에서 피어오르는 김, 그리고 시큼한 김치 냄새와 뒤섞였다. 여기는 낙지, 저기는 대게나 생선회. 케랑은 시끄럽다거나 비린내가 난다거나 자리가 없다는 구실을 대며 고개를 저었다. 그에게는 조용한 곳이 필요했다. 하지만 선택을 해야만 했다. 선착장을 지나면 던킨 도넛 말고는 아무것도 없으니까. 그는 결국 내가 가본 적이 없는, 다른 가게들과 뚝 떨어진, 가장 조용해 보이는 노점을 가리켰다.

방수포 아래 탁자 세 개. 붉은색 플라스틱 의자들. 주인은 쓰레기봉투를 식탁보 삼아 깔았고, 따뜻한 물 두 잔을 내왔다. 칼바람이 마구 들이쳤다. 케랑이 잠시 망설이는 듯했다. 다른 곳으로 가려는 걸까? 그는 아니라고, 아주 좋다고 했다. 주인이 아주 간단한 영어 메뉴판을 가지고 왔다. 그럴 필요 없어요. 저, 한국말 읽을 수 있어요. 주인은 내 말은 들은 척도 않고 메뉴판을 놓고 갔다.

"부모 중 어느 쪽이 프랑스인이에요?" 케랑이 물었다.

내가 놀란 표정으로 그를 쳐다보았다.

"펜션 관리인한테 물어봤어요. 궁금해서."

"그가 뭐래요?"

"내가 짐작한 것 말고는 아무 말도 안 했어요. 당신 부모 중 하나가 프랑스인이라고, 그리고 당신이 프랑스어를 완벽하게 한다고 하더군요."

"박씨 아저씨는 아무것도 몰라요. 그는 프랑스어를 못 알아들어요."

나는 엄마가 한국 사람이라고 알려주었다. 내가 아버지에 대해 아는 것은 아버지가 엄마를 만났을 때 어업 관련 일을 하고 있었다는 사실뿐이었다. 주인이 주문을 받으러 왔다. 생선구이와 소주 한 병. 케랑이 나를 유심히 쳐다보았다. 나는 노점 안쪽의 주방에 관심이 있는 척하면서 그의 눈길을 피했다. 타일 벽, 흙바닥, 칼들이 부딪히는 소리, 불에 올려놓은 물 끓는 소리. 나는 젓가락을 만지작거렸다. 케랑이 탁자에 바싹 붙어 앉으며 말했다.

"상처가 다 아물었네요."

"깊질 않아서요."

나는 그의 다리에 닿지 않게 신경을 써가며 다리를 움직여야 했다. 주인이 소주, 생선, 김치, 그리고 감자 샐러드를 내왔다. 케랑이 샐러드를 조금 맛봤다.

"마요네즈네요. 미국 문화가 여기까지……."

"마요네즈는 프랑스에서 온 거예요. 미국이 아니라."

그가 고개를 들고는 재미있다는 표정을 지었다. 우리는 잠시 말없이 먹기만 했다. 케랑은 젓가락질을 잘 못했다. 내가 잡는 법을 고쳐주었다. 하지만 두어 번 젓가락질을 하고 나면 다시 원래대로 돌아갔다. 나는 다시 고쳐줄까 하다가 포기하고 말았다. 그가 아무 말도 하지 않았기 때문에 이번에는 내가 낮에는 뭘 하느냐고 물었다. 그는 여기저기 돌아다니면서 구경도 하고 아이디어도 찾는다고 대답했다. 그는 만화로 그리는 모든 곳을 여행했을까? 대부분은 그랬다. 그가 한국을 찾은 것은 이번이 처음이었다.

"이번에 나올 책의 무대가 속초군요." 내가 짐작했다.

"그 질문은 이미 했잖아요."

"2주 전이었죠. 아직 모르겠다고 하셨고요."

"속초가 이야기를 풀어나가기에 좋은 곳이라고 생각해요?" 그가 물었다.

나는 무슨 이야기를 하느냐에 달려 있다고 대답했다. 케랑이 비밀이라도 털어놓으려는 듯 탁자 위로 상체를 기울였다.

"이야기의 무대가 여기면 나 좀 도와줄래요?"

"어떻게요?"

"이것저것 발견하게 해주면서."

"속초에서는 할 게 없어요."

"난 그렇지 않다고 생각해요."

나는 소주를 몇 모금 마셨다. 얼굴이 발갛게 달아올

랐다. 나는 잠시 생각에 잠겼다가 만화에 대한 열정이 어디서 온 거냐고 물었다. 그도 정확히는 모르겠다고 했다. 그는 오래전부터 만화를 끼고 살았다. 어릴 적에는 좋아하는 만화를 몇 시간 동안 베껴 그리기도 했다. 아마 거기서 왔을 것이다.

"그래서 꿈을 이뤘나요?"

"유일하게 확신할 수 있는 건 내가 지금 있는 이곳까지 오게 되리라고는 한 번도 상상해본 적이 없다는 사실이에요."

그가 이 사이에 낀 생선뼈를 빼내기 위해 얼굴을 돌렸다. 그런 다음 다시 물었다. 그가 날 필요로 하면 도와주겠느냐고.

"안 그러면 떠날 건가요?"

"그랬으면 좋겠어요?"

"아뇨."

그가 웃었다. 언제 한번 그림 그리는 걸 구경해도 될지……. 그가 소주를 한 모금 마시고는 대답했다.

"굳이 원한다면."

이 말은 억양에 따라 '안 그러는 게 좋겠다' 혹은 '그게 정말 당신이 원하는 것이냐'를 의미한다. 그가 어떤 의미로 한 말인지 알 수 없었다. 나는 그 말이 싫었다.

밤사이 기온이 영하 27도까지 떨어졌다. 몇 해 만에 처음 있는 일이었다. 나는 이불을 뒤집어쓴 채 손을 호호 불다가 허벅지 사이에 넣고 마구 비벼댔다. 바깥에서는 혹한의 공격을 받은 파도들이 저항을 시도했지만 매번 더 무겁고 느리게 갈라져서는 패배자처럼 해변에 와서 부서졌다. 나는 외투까지 껴입고 나서야 겨우 잠이 들었다.

다음 날 아침, 내 방과 일본인이 묵었던 방의 난방이 들어오지 않았다. 물이 얼어 관이 터져버렸던 것이다. 박씨 아저씨는 난방을 고칠 때까지 난로를 켜서 그럭저럭 버텨보자고 했다. 나는 그 난로가 오십 년대 거라 불이 붙지도 않는다고, 내가 이미 켜봤다고 말했다. 게다가 내 방은 하수구에서 악취가 올라와 숨이 막힐 지경이었다. 나는 내가 별채 2호실을 쓰면 어떻겠냐고 제안했다. 박씨 아저씨가 한숨을 내쉬며 이 빌어먹을 펜션에는 제대로 돌아가는 게 아무것도 없다고 한탄했다. 우리에게는 선택의 여지가 없었다.

김씨 아줌마가 요리용 화덕에 다시 불을 붙여보려고

애쓰고 있었다. 그녀가 옷가지와 세면가방을 든 나를 보고는 더는 어떻게 해볼 도리가 없다는 듯 털썩 주저 앉더니 계산대에 등을 기댔다. 기다리는 수밖에 없었 다. 너무 오래가지만 않았으면. 그녀의 냉장고는 이틀 에 하루꼴로 작동되었다. 고기가 상할 수도 있었다. 이 미 손님이 줄고 있었다.

케랑은 책상 앞에 앉아 있었다. 이제 우리 사이에는 얇은 종이 벽밖에 없었다. 그가 이사를 도와주겠다고 했다. 그럴 필요 없어요, 들고 온 게 전부니까.

케랑은 욕실에서 붓을 씻었다. 붓끝에서 세면대 구 멍까지 잉크와 비누 자국이 길게 이어졌다. 세면대 위 에 놓인 컵, 그의 칫솔과 프랑스제 치약. 나는 그 치약 을 짜서 써봤다. 맛이 영 아니었다. 주방세제와 캐러멜 을 섞어놓은 것 같은 맛. 나는 케랑이 알아차리지 못하 게 치약 튜브를 다시 말끔하게 펴놓았다. 축축하게 젖 은 양말들이 의자 등받이에 줄줄이 널려 있었다. 세탁 장 일이 있은 이후로 케랑은 세탁할 필요도 없는 깨끗 한 옷들만 나한테 맡겼다. 나는 목욕물을 틀어놓고 옷 을 벗었다. 물이 너무 뜨거웠다. 물이 식을 때까지 의자에 앉아 기다렸다. 안경에 김이 서려 앞이 보이질 않았다. 나는 안경을 더는 참아낼 수가 없었다. 아닌 게 아니라, 케랑 앞에서는 더는 안경을 쓰지 않겠노라고 마음먹고 있던 차였다. 안경을 쓰면 눈이 작아져 꼭 쥐처럼 보였다.

나는 재미삼아 물속에 가능한 한 수평으로 드러누워 몸이 물 밖으로 나오지 않게 하려고 애썼다. 하지만 늘 배, 가슴, 무릎의 볼록한 부분이 결국에는 물 밖으로 솟아올랐다.

욕실을 나서자 케랑이 수건을 든 채 기다리고 있었다. 그는 스웨터를 벗고 있었다. 아마천 셔츠 아래 피부가 비쳤다. 그의 눈길이 잠옷 속 내 젖가슴을 스쳐 다리 쪽으로 내려갔다가 흠칫 놀라 다시 올라왔다. 이렇게 해서 내 흉터가 그의 눈에 적나라하게 드러나고 말았다는 생각에 나는 굴욕감을 느꼈다. 그가 잘 자라고 말하고는 서둘러 욕실 문을 닫았다.

얼마 후 침대에 누워 잠을 청하는데, 펜이 종이 표면을 긁는 소리가 들려왔다. 나는 벽에 귀를 갖다 댔다.

그것은 긁혔고, 간질였다. 거의 나를 잠 못 들게 했다. 그것은 지속적이지 않았다. 나는 거미의 다리처럼 바삐 움직이는 케랑의 손가락을 상상했다. 모델을 자세히 뜯어보다가 종이 위로 내려갔다 다시 올라와, 잉크가 환영을 배반하지 않으리라는 것을, 그가 선을 긋는 동안 여자가 달아나버리지 않으리라는 것을 확인하는 그의 눈길을 상상했다. 나는 천 조각 하나로 상체와 허벅지가 갈라지는 곳을 가리고, 한 팔로 벽을 짚은 채 턱을 치켜들고 교태 섞인 거만한 목소리로 그를 부르는 그녀를 보았다. 하지만 여느 때와 마찬가지로 두려움과 마주한 그는 잉크를 쏟아부어 그녀를 사라지게 할 터였다.

펜 소리가 자장가처럼 지속적이고 느리게 변했다. 나는 잠들기 전에 그것이 내 안에 탄생시킨 이미지들을 뇌리에 새겨두려고, 그것들을 잊지 않으려고 애썼다. 왜냐하면 내가 다음 날 그 방을 들어섰을 때 그것들이 이미 사라지고 없으리라는 것을 알고 있었으니까.

혹한에 꽁꽁 얼어붙은 펜션에서 내가 할 일은 거의 없었다. 나는 아침 설거지를 마치고 박씨 아저씨와 함께 접수대에 앉아 있었다. 박씨 아저씨는 텔레비전을 보고 있었고, 나는 박씨 아저씨 모르게 각종 신문에 실린 속초시 일자리 목록을 훑어나갔다. 조선소 잡부, 선원, 잠수부, 애완견 돌보미. 나는 인터넷에서 케랑이 그린 만화의 요약본들을 찾아 읽으며 그의 주인공과 함께 이집트, 페루, 티베트, 이탈리아로 날아가기도 했고, 프랑스행 비행기표 가격을 검색해 내가 떠나려면 펜션에서 얼마 동안 일을 해야 하는지 계산해보기도 했다. 떠나지 않으리라는 것을 뻔히 알고 있었지만. 컴퓨터에 고정시켜놓은 일본 고양이가 다리를 흔들어댔다.

늘 그렇듯 그 지겨운 미소를 지으며. 저게 처음에는 귀여워 보였다니!

벌레 한 마리가 책상 위로 기어 올라오더니 행정서류철 앞에 멈춰 섰다. 혹한에도 살아남은 걸로 보아 첫서리가 내리기 전에 펜션 안으로 기어든 게 분명했다. 나는 녀석을 조심스럽게 쥐었다. 녀석이 허공에 대고 다리를 마구 허우적거렸다. 마치 긴 더듬이로 나에게 놓아달라고 사정하는 것만 같았다. 나는 배를 보기 위해 녀석을 뒤집었다. 예뻤다. 불룩 튀어나온 게 아주 반들반들했다. 박씨 아저씨가 밟아버리라고 했지만, 나는 녀석에게 해를 가하고 싶지 않았다. 나는 그런 종류의 벌레들을 절대 죽이지 않았다. 나는 녀석들이 바깥에서 자기 명대로 살다가 죽게 창밖으로 내던졌다.

초저녁, 나는 엄마를 만나러 찜질방으로 갔다. 엄마는 탈의실에서 벌거벗은 채 딸기우유 두 개와 달걀 헤어팩을 들고 날 기다리고 있었다. 우리는 욕탕에 들어가서 앉은뱅이 의자에 앉아 서로 등을 밀어주었다.

"이런, 그사이 더 말랐구나. 넌 무조건 먹어야 해."

내 손이 부들부들 떨리기 시작했다. 엄마가 그런 종류의 지적을 해대면 난 온몸을 벽을 향해 내던지고 싶어진다.

우리 옆에서 여자 셋이 등에 분홍색 부황단지를 단채 수다를 떨어댔다. 가장 어려 보이는 여자는 내 또래였지만 가슴이 이미 축 처져 있었다. 나는 내 가슴을 내려다보았다. 국자 두 개를 엎어놓은 것처럼 탄탄했다. 마음이 놓인 나는 엄마를 따라 유황온천탕으로 갔다. 욕탕 증기 속에서 보니, 헤어 팩을 하느라 비닐봉지로 머리를 싸맨 엄마가 마치 연기를 뿜어내는 버섯 같았다. 엄마가 숨을 거칠게 몰아쉬었다. 나는 제발 병원에 가서 진찰을 받아보라고 채근했다. 엄마는 됐으니 그만하라는 손짓을 했다.

"그보다 펜션 얘기나 좀 해보렴."

나는 붕대 아가씨 얘기를 했다.

"너도 수술 받고 싶으면 말해. 나한테 모아둔 돈이 좀 있으니까." 엄마가 말했다.

"내가 그 정도로 못생겼어?"

"바보 같은 소리 좀 작작해. 난 네 엄마야. 하지만 수술을 하면 더 좋은 일자리를 잡을 수 있을지도 모르지. 서울에서는 그런 것 같더구나."

나는 발끈해서 일을 바꿀 생각이 없다고 했다. 펜션에서 일하면 많은 사람을 만날 수 있어서 좋다고. 개중에는 만화가도 있는데, 그 사람이 그린 그림 참 마음에 든다고. 하지만 그의 국적에 대해서는 입을 다물었다.

내가 펜션으로 떠난 이후로 엄마가 무얼 하며 시간을 보내는지 나는 알지 못했다. 그래서 내가 어릴 적에 우리가 무엇을 하며 지냈는지 기억해보려고 애썼다. 텔레비전. 해변. 우리는 사람들과 거의 접촉이 없었다. 내가 초등학교에 다닐 때, 엄마는 수업이 끝나는 시각에 맞춰 날 데리러 왔다. 하지만 다른 엄마들과 인사를 하고 얘기를 나누는 경우는 결코 없었다. 반 친구들이 나한테는 왜 아버지가 없느냐고 묻기 시작했다. 버스를 탈 수 있는 나이가 되자마자, 나는 수업이 끝나면 혼자 집으로 돌아갔다.

다시 탈의실로 나온 우리는 남녀공용실로 가기 위해 사우나복으로 갈아입었다. 우리는 목침을 베고 바닥에 누웠다. 삶은 달걀 껍질을 벗기며 식혜를 마셨다. 집으로 돌아갈 시간이 되었을 때, 나는 할 일이 많아 펜션에 가봐야 한다고 말했다. 사실 엄마와 한 침대에 누워 자는 걸 더는 견딜 수가 없었다. 엄마는 슬픈 표정을 지었다. 나는 마음이 아팠지만 생각을 바꾸지는 않았다.

별채로 가는 골목에서 김씨 아줌마가 내 얼굴이 창백하다며 빈대떡 하나를 집어주었다. 나는 그녀의 고기가 녹았다 얼기를 반복했다는 사실을 떠올렸다. 그래서 골목을 지나자마자 쓰레기통을 뒤지는 개에게 그것을 던져줬다.

내 방문에 프랑스어로 쓴 쪽지가 압정으로 꽂혀 있었다. 케랑은 그다음 날 설악산 국립공원에 가는데 나도 같이 갈 의향이 있는지 알고 싶어 했다. 그날은 내가 쉬는 날이었다. 그는 그것을 기억하고 있었다.

날이 풀려 무거워진 눈이 급류 속으로 무너져 내렸고, 대나무의 허리를 휘게 했다. 바람 한 점 없는 날. 케랑은 내 뒤를 따라 걸었다. 나는 그에게 박씨 아저씨의 설상화를 빌려주었다. 그는 자주 걸음을 멈췄다. 장갑을 벗고 얼음으로 뒤덮인 나무와 바위를 만지거나 주변의 소리에 귀를 기울여보고는 다시 장갑을 끼고 점점 더 천천히 산을 올랐다.

"겨울에는 볼 게 없다니까요." 내가 짜증을 부렸다. "곧 버찌나무들이 꽃을 피우고, 대나무가 푸르게 변할 거예요. 그것들은 봄에 와서 봐야 해요."

"그때쯤이면 난 여기 없을 거예요."

그가 또다시 걸음을 멈추고는 주변을 둘러보았다.

"난 꾸밈이 없는 이대로도 좋아요."

우리는 벽에 뚫린 구멍마다 부처상이 모셔져 있는 동굴에 도착했다. 케랑은 상 하나하나를 아주 꼼꼼하게 살펴보았다. 그는 산에 얽힌 전설과 설화를 알고 싶어 했다. 그의 만화에 등장하는 인물을 위해. 나는 어렸을 때 엄마한테 들었던 이야기를 들려주었다. 하늘을 다스리는 환웅의 아들인 단군이 한반도에서 가장 높은 산으로 보내졌고, 거기서 웅녀와 혼인해 나라를 세웠다는 이야기. 그 후로 그 산은 하늘과 땅을 잇는 다리의 상징이 되었다.

우리는 산에 오른 지 두 시간 만에 한 바위 위에 앉아 쉬었다. 케랑이 신발 끈을 다시 묶더니 주머니에서 펜과 화첩을 꺼냈다. 그가 대나무를 그리기 시작했다.

"그건 늘 가지고 다니세요?" 내가 화첩을 가리키며 물었다.

"거의 그래요."

"초벌그림용으로?"

그가 기분이 상한 듯 이맛살을 찌푸렸다. 그는 초벌그림이라는 말을 좋아하지 않았다. 그 말에는 아무런 의미도 없었다. 이야기는 매순간 지어졌다. 다른 것보다 덜 중요한 그림이란 존재하지 않았다.

땀이 식어 으슬으슬 추워지기 시작했다. 잠시 후, 나는 몸을 숙여 그가 그리는 그림을 들여다보았다.

"잠자리 같네요."

그가 좀 더 멀리서 보기 위해 화첩을 든 팔을 뻗었다.

"맞아요. 그런데 망쳤어요."

"망쳐요? 예쁘기만 한데요."

케랑이 그림을 또다시 쳐다보았다. 그가 웃었다. 그러고는 저 아래, 안개에 묻혀 있는 계곡을 보기 위해 절벽으로 다가갔다. 까마귀 울음소리.

"속초에서 계속 살았어요?"

"학교는 서울에서 다녔어요."

"여기랑은 많이 달랐겠군요."

"딱히 그렇진 않았어요. 큰이모 집에서 지냈거든요."

내가 농담을 했다.

케랑이 무슨 말인지 모르겠다는 표정으로 나를 쳐다보았다. 그래서 내가 진지하게 말을 이었다. 해수욕장들 때문에 여름에는 속초도 서울만큼이나 사람들로 북적인다. 특히 유명한 남자배우가 나오는 〈첫사랑〉이라는 드라마를 속초에서 찍은 이후로는. 순례 길에 나선 팬들의 차량이 물밀듯 몰려왔다. 혹시 그 드라마 봤어요? 그는 보지 못했다.

"그런데 왜 속초로 돌아왔어요?" 그가 물었다.

"완전히 돌아온 건 아니에요…… 박씨 아저씨가 펜션 일을 봐줄 사람이 필요하다고 해서요."

"그 일을 해줄 사람이 당신밖에 없나 보죠?"

약간의 빈정거림을 감지한 나는 그렇다고 잘라 대답했다. 사실 나는 외국에 나가 공부를 계속하기 위해 장학금을 신청할 수도 있었을 것이다. 케랑은 내가 평생 펜션에 머물 생각인지 알고 싶어 했다.

"언젠가 프랑스에 가고 싶어요."

"가게 될 거예요."

나는 고개를 끄덕였지만 엄마를 홀로 두고 갈 수는 없을 거라고 털어놓진 않았다. 케랑이 무슨 말인가를 덧붙일 것처럼 하다가 확신이 안 서는지 입을 다물었다. 그는 나에게 왜 프랑스어를 전공으로 택했는지 물었다.

"엄마가 이해하지 못하는 언어를 배우고 싶어서요."

그는 의아하다는 표정을 지었지만 더 이상 캐묻지는 않았다. 그가 주머니에서 귤 하나를 꺼내더니 한쪽을 잘라 나에게 내밀었다. 나는 배가 고팠지만 사양했다.

"프랑스는 어때요?"

그는 간단하게 대답할 수 없었다. 프랑스는 너무 크고, 너무 달랐다. 그곳 사람들은 잘 먹었다. 그는 노르망디 지방의 우중충하고 짙은 빛을 사랑했다. 언젠가 내가 방문하면 자신의 작업실을 보여주겠노라고 했다.

"당신 나라가 무대인 만화는 한 번도 그려본 적이 없나요?"

"없어요."

"속초가 거기보단 훨씬 덜 흥미로울 텐데."

"난 그렇게 생각하지 않아요."

"많은 예술가들이 노르망디 지방을 묘사했잖아요. 모파상, 모네."

"모네를 알아요?"

"약간요. 모파상을 공부할 때 교수님이 그 지방에 대해 얘기해주셨어요."

눈살을 찌푸리고 구름을 올려다보는 케랑이 갑자기 아주 멀게 느껴졌다. 우리는 발을 질질 끌다시피 하며 산에서 내려왔다. 이번에는 케랑이 앞장을 섰다. 비탈에서 미끄러졌을 때, 나는 그를 붙들었다.

펜션 앞 해변에서 해녀 하나가 막 건져 올린 수확물을 분류하고 있었다. 그녀의 잠수복에서 김이 모락모락 피어올랐다. 케랑이 바위 위에 쪼그리고 앉았다. 균형을 유지하기 위해 한 손으로는 바닥을 짚은 채. 파도가 우리 발치까지 밀려 올라왔다. 나는 케랑에게 사시사철 전복과 해삼을 채취하기 위해 해저 10미터까지 잠수할 수 있는, 제주도에서 유래된 그 여자들에 대해 얘기해주었다.

해녀는 못이 박인 손으로 해초 뭉치를 집어 자신의 잠수경을 문지르기 시작했다. 나는 그녀에게서 조개 한 망을 샀다. 케랑은 더 구경하고 싶어 했지만 내가 추워서 견딜 수가 없었다. 그는 펜션 본채까지 나를 따라왔다. 나는 그에게 저녁을 먹으러 올 거냐고 물었다. 그는 고개를 저었다.

나는 미역국, 쌀밥, 마늘장아찌, 도토리묵으로 저녁 상을 차렸다. 붕대 아가씨는 숟갈로 조금씩 떠먹었다. 아직 씹기 어려운데도, 아주 맛있게 먹는 기색이었다. 그녀는 남자친구가 떠난 이후로는 하루 종일 잠옷 차림으로 지냈다. 붕대도 점점 더 얇아졌다. 완전히 풀어버릴 날이 머지않은 것 같았다.

잠옷으로 갈아입고 있는데 준오에게서 문자메시지가 왔다. 설날을 나와 함께 보낼 수 없을 것 같다고, 미안하다고, 모델업계는 인정사정없지만 정말 매력적이라고 했다. 내 온몸을 핥고 싶다고, 내 젖가슴을 빨고 싶다고도 했다. 보고 싶다고, 다시 연락하겠다고.

케랑이 돌아와서 외투를 벗고 욕실로 가는 소리가 들렸다. 방으로 돌아온 그는 책상 앞에 앉았다. 나는 살짝 열린 문틈으로 그를 훔쳐보기 위해 밖으로 나갔다. 그의 손가락들이 종이 위에서 소심하게 미끄러졌다. 붓은 몸의 비율, 특히 얼굴의 비율을 두고 망설였다. 여자는 동양인의 모습을 띠고 있었다. 그는 여자를 그리는 데 익숙하지 않은 듯 보였다. 나는 그의 만화에 등장하는 인물 중에서 여자를 본 적이 거의 없었다. 서서히 여자의 생김새가 또렷하게 드러났다. 그녀가 드레스 차림으로 빙글빙글 돌기 시작했다. 그녀는 그의 손가락 아래에서 빚어졌다. 야위거나 풍만한, 팔을 벌리거나 모은, 하지만 늘 뒤틀린 모습으로. 때때로 케랑은 종이 한 귀퉁이를 찢어 잘근잘근 씹어댔다.

방으로 돌아와 침대에 누웠을 때, 나는 준오의 문자 메시지를 떠올렸다. 아주 오랜만에 내 안에서 남자를 느껴보고 싶은 욕망이 일었다. 나는 한 손을 다리 사이로 집어넣고 지그시 눌렀다. 그러다가 케랑이 바로 옆에 있다는 생각에 동작을 멈췄다. 하지만 정욕이 더 강했다. 나는 이미 축축하게 젖은 내 섹스로 다시 손을 가져갔다. 다른 손으로는 나를 주무르고 가득 채우는 남자를 상상하며 목덜미와 젖가슴을 어루만졌다. 점점 더 빨리, 점점 더 세게 손을 움직였다. 허벅지가 부들부들 떨리고, 쾌감으로 신음소리가 터져 나올 때까지.

열에 들뜬 나는 부풀어 오른 음순에 손을 그대로 둔채 숨을 몰아쉬었다. 나는 거기서 손을 뗐다. 마치 벌어진 상처에서 붕대를 벗겨내듯. 케랑이 내 신음소리를 들었을까? 틀림없이 들었을 것이다.

　문득, 남은 음식을 냉장고에 넣는 걸 깜빡했다는 생각이 났다. 지금이라도 냉장고에 넣지 않으면 모조리 상해버리고 말 것이다. 나는 주섬주섬 옷을 챙겨 입었다. 복도에서 케랑과 마주치지 않기를 바라며.

　바깥은 쥐 죽은 듯 고요했다. 김씨 아줌마 노점 위쪽에 달린 전등이 가물거렸다. 나는 화들짝 놀랐다. 박쥐 한 마리가 허공을 훑고 지나갔다.

　공용실 시계가 거의 새벽 한 시를 가리키고 있었다. 붕대 아가씨가 텔레비전 앞에 앉아 햄스터처럼 두 손으로 초코파이를 든 채 부드러운 속 부분을 혀로 할짝할짝 핥아먹고 있었다. 그녀는 텔레비전 화면이 아니라 약간 위쪽에 시선을 둔 채 비정상적으로 경직되어 있었다. 텔레비전은 소리가 꺼져 있었다.

　"괜찮아요?"

　그녀가 시선을 허공에 둔 채 보일 듯 말 듯 고개를 끄덕였다. 반짝이 장식 불빛에 비쳐 붕대가, 흉터의 돌출부위가 번들거렸다. 눈꺼풀, 코, 턱. 왜 저렇게 난도질을 하게 했을까. 내가 방해가 되었던 모양이다. 그녀가 공용실을 나갔다. 설날을 함께 보내기로 했는지 남자친구가 오후에 투숙예약을 했다.

별채로 돌아갔을 때 케랑의 방에는 불이 꺼져 있었다.

나는 병원에서 벌써 한 시간째 기다리고 있었다. 결국 내가 엄마 대신 진료 예약을 했다. 간호사가 와서는 의사에게서 좀 늦는다는 연락이 왔다고, 엄마가 우선 다른 검사들부터 받아야 된다고 말했다. 나는 그동안 병원 주변을 좀 걷기로 마음먹었다.

　내가 도시 이쪽에 오는 일은 드물었다. 조선소, 가건물들, 인부들, 기중기들, 모래, 콘크리트. 그리고 〈첫사랑〉에서 가장 유명한 장면을 찍었던 다리. 남자주인공이 둑을 가로질렀던 장면. 지금 내 앞에 닻을 내리고 있는 저 작은 배로. 배 안에는 지난여름 팬들이 놓고 간 곰 인형과 꽃다발들이 아직 남아 있었다. 썩고, 바래고, 꽁꽁 언 모습으로. 갑자기 불어온 돌풍에 배가 일렁였다. 음침한 삐걱거림.

좀 더 멀리, 수조 두 개가 겹쳐져 있었다. 아래 수조에는 꼬리가 긴 물고기들. 위 수조에는 이미 통조림에 들어갈 준비가 된 것처럼 켜켜이 쌓여 있는 게들. 자신의 눈을 후벼 파낼 기운조차 남아 있지 않은 게들은 호스에서 뿜어져 나오는 물줄기에 따라 이리저리 흔들렸다. 그런데 그중 한 마리가 다른 놈의 등을 밟고 수조의 가장자리에 도달해 균형을 잡는가 싶더니 난류에 밀려 아래 수조로 풍덩 떨어지고 말았다. 물고기들이 혼비백산 전속력으로 수조 안을 빙글빙글 맴돌기 시작했다. 뒤집힌 채 바닥으로 가라앉은 게가 바로 서려고 발버둥을 쳤지만 성공하지 못했다. 결국 게는 집게로 한 물고기의 배지느러미를 집었다. 그러고는 그것을 갈가리 찢어놓았다. 지느러미를 찢긴 물고기는 전력을 다해 헤엄을 쳤지만 계속 비스듬히 나아갔고 결국에는 수조 바닥으로 가라앉고 말았다. 미쳤어.

길 끝에 분홍색에 금박을 입힌 인도 궁전 모양의 호텔이 있었다. 아가씨 둘이 풍만한 젖가슴을 뽐내며 입구에 서 있었다. 가죽치마, 구멍 뚫린 스타킹.

겨울과 물고기를 내보이며 속초는 기다리고 있었다.

속초는 오로지 기다리기만 했다. 관광객들, 배들, 남자들, 그리고 봄의 귀환을.

엄마에게 남은 건 오한밖에 없었다.

나는 케랑과 낙산사에 갔다 오는 걸 박씨 아저씨에게는 알리지 않았다. 케랑은 속초에 처음 왔을 때 이미 낙산사에 다녀왔는데 향을 사러 다시 가고 싶어 했다. 내가 저녁식사를 준비해야 할 때까지 우리에겐 두 시간의 여유가 있었다. 버스가 해안을 따라 달렸다. 자위를 했던 밤 이후로 나는 케랑을 피해 다녔다. 케랑은 옆 좌석에 앉아 내가 그의 가방에서 본 적이 있는 책에 푹 빠져 있었다.

"난 이 작가를 무척 좋아해요. 이 작가, 알아요?" 내가 어깨 너머로 따라 읽고 있는데 그가 말했다.

"아뇨. 한 구절 읽어줄래요?"

그가 헛기침을 해 목청을 가다듬었다.

"소리 내어 읽는 거 안 좋아하는데……."

나는 이미 눈을 감고 있었다. 그가 또박또박 소리를 내려고 애쓰며 읽어나가기 시작했다. 글이 너무 난해했다. 나는 그의 목소리 억양에 집중했다. 더 먼 곳에서 들려오는 또 다른 목소리. 세상 반대편에 남은 어떤 몸의 메아리.

절은 해변이 내려다보이는 절벽 위에 자리 잡고 있었다. 비구니들이 예불을 드리고 있어서 기다려야 했다. 이슬비가 땅을 적시기 시작했다. 그러다 갑자기 폭우가 쏟아지기 시작했다. 세상 모든 비를 깔때기로 모아 거기에 쏟아붓기라도 하는 것처럼. 우리는 처마 아래로 피신했다. 걸걸한 염불소리가 벽을 관통해 들려왔다. 그 소리가 절 마당을 돌아다녔다. 대웅전 주변 곳곳에 용, 불사조, 뱀, 호랑이, 그리고 거북의 상이 서 있었다. 케랑이 돌아보다가 거북 상 앞에 무릎을 꿇고 앉아 등껍질을 쓰다듬었다. 학교에서 소풍을 왔을 때, 한 비구니가 나에게 그 동물들은 저마다 계절을 나타낸다고 설명해준 적이 있었다.

"한 마리가 남는데." 케랑이 지적했다.

"뱀은 회전축처럼 계절에서 계절로 건너가게 해줘요. 거북은 겨울의 수호동물이죠. 봄을 나타내는 용이 뱀을 찾지 못하면 거북은 자리를 내주지 않아요."

케랑은 고개를 숙여 거북의 목주름 속으로 손가락을 집어넣어보기도 하고 나무 받침대 위에 상이 어떻게 고정되어 있는지 자세히 들여다보기도 했다. 그는 한참 동안 그러고 있었다.

저기, 곶 위에 탑 하나가 하늘에 빨려든 것처럼 안개에 파묻힌 채 서 있었다. 우리는 그곳으로 달려갔다. 비가 억수같이 쏟아져 주변의 해변에 쳐진 철조망 너머로는 모든 것이 흐릿했다. 초소마다 규칙적인 간격을 두고 기관총이 고개를 내밀었다가 사라지곤 했다. 내가 그것들을 가리키며 말했다.

"프랑스 해변들은 훨씬 호의적이겠죠?"

"난 남쪽 해변들은 그리 좋아하지 않아요. 사람들로 북적대지만, 거기에 있는 사람들 표정을 보면 그리 만족스러워 보이지 않아요. 물이 더 차고 한적한 노르망디의 해변들이 더 좋아요. 그 해변들도 전쟁의 상흔을 간직하고 있죠."

"거긴 전쟁이 끝났잖아요."

그가 난간에 몸을 기댔다.

"그렇긴 하죠. 하지만 발로 모래를 깊이 파보면 아직도 뼈와 피가 나와요."

"속초를 깔보지 마세요."

"무슨 소린지 모르겠군요. 난 속초를 깔본 적이 없어요."

"노르망디의 해변들, 전쟁은 그 위를 지나갔어요. 전쟁의 흔적이 남아 있긴 해도 삶은 계속되고 있죠. 이곳 해변들은 아직도 전쟁이 끝나기를 기다리고 있어요. 그런데 기다림이 너무 오랫동안 지속되다 보니 결국 더 이상 전쟁은 없다고 믿게 된 거예요. 그래서 호텔도 짓고 반짝이 전등 장식도 하죠. 하지만 그것들 다 가짜예요. 그건 두 절벽 사이에 길게 늘어져 있는 줄 같아요. 언제 끊어질지 알지 못한 채 몽유병환자가 되어 그 위를 걷는 거죠. 이곳 사람들은 둘 사이에서 살고 있어요. 끝날 듯 끝날 듯 끝나지 않는 이 겨울 같은!"

나는 절로 돌아갔다. 케랑이 나를 따라왔다. 내 손이 부들부들 떨렸다. 나는 앞만 뚫어져라 바라보았다.

"지난여름 서울에서 온 여자 관광객 하나가 북한 병사가 쏜 총에 맞아 죽었어요. 수영을 하느라 경계선을 넘었다는 걸 몰랐던 거죠."

"날 용서해요." 케랑이 말했다.

내가 눈을 내리깔았다. 그리고 말했다.

"하지만 난 당신의 나라를 몰라요. 난 속초 사람이니까요."

"꼭 그렇지만은……."

갑자기 그가 내 허리를 잡아 뒤로 끌어당겼다. 고드름 하나가 내가 있던 곳에 떨어져 으깨졌다. 그는 곧바로 손을 거두지 않았다. 비구니들이 문들을 열자, 향내가 빗속으로 퍼져갔다.

마침내 설날. 나는 펜션 손님들을 위해 떡국을 끓인 후에 별채로 가서 케랑에게 명절이라 문 여는 곳이 없을 거라고 알려주었다. 그는 신경 써줘서 고맙다고 인사를 하고는, 박씨 아저씨가 이미 알려주어 편의점에서 인스턴트 면을 사두었다고 말했다.

"왜 내가 만든 음식에는 입도 안 대세요?" 속이 상한 내가 물었다.

"난 매운 음식 안 좋아해요." 이유를 대야만 하는 게 놀랍다는 표정을 지으며 그가 대답했다.

"내 떡국은 맵지 않아요."

그가 어깨를 으쓱하고는 다음번에는 먹어보겠다고 말했다. 나는 억지로 미소를 지었다. 나는 그의 책상 쪽

을 쳐다보았다. 내가 들어갈 수 있게 케랑이 옆으로 비
켜섰다.

그의 그림 중 몇 개는 연필로, 다른 것들은 잉크로 그
린 것들이었다. 케랑은 주인공에 대해서는 형태나 몸
짓을 훤히 꿰고 있어서 눈을 감고도 자신 있게 그릴 수
있었다. 그가 어떤 도시에 도착했다. 나는 속초의 호텔
들을 알아보았다. 휴전선, 휘갈겨 그린 철조망. 부처상
들이 있는 동굴. 그는 나의 세계에서 그것들을 취해 회
색으로 된 그의 상상세계에 갖다놓았다.

"색칠은 절대 안 하나요?"

"그건 중요한 게 아니에요."

정말 그럴까, 나는 입을 삐죽거렸다. 속초라는 도시
가 너무나 알록달록했으니까. 그가 눈 덮인 산 장면을
가리키며 고심 끝에 중천에 해를 그려 넣었다고 말했
다. 단지 선 몇 개로 바위들의 윤곽을 나타냈다. 종이의
나머지 부분은 텅 비어 있었다.

"이미지를 빚어내는 건 바로 빛이에요."

그림을 자세히 들여다본 나는 내가 잉크 대신 두 선
사이의 흰 공간, 종이에 흡수된 빛의 공간만 보고 있다

는 것을 깨달았다. 거의 진짜 같은 눈이 환한 빛을 발했다. 마치 표의문자처럼. 나는 다른 그림들도 훑어보았다. 칸들이 휘어지고 흐려져서 사라지기 시작했다. 등장인물이 그 칸들 바깥에서 자신의 길을 찾고 있는 것처럼. 시간이 확장되는 것처럼.

"이야기가 끝나는 건 어떻게 알아요?"

케랑이 책상으로 다가갔다.

"내 주인공이 어떤 단계에 도달해요. 그가 내 이전에도 살았고, 내 이후에도 살 거라고 말할 수 있는 단계."

방이 좁아 우리는 거의 붙어 있다시피 할 수밖에 없었다. 그의 몸에서 뿜어져 나오는 열기가 느껴졌다. 나는 주인공의 직업이 왜 하필이면 고고학자냐고 물었다. 케랑은 내 질문이 재미있다는 표정을 지었다.

"왜 그러세요, 자주 받는 질문일 텐데……."

그가 웃으며 그렇지 않다고 말했다. 그러고는 만화의 역사에 대해, 양차대전 이후 유럽 만화가들의 비상에 대해, 그에게 깊은 영향을 끼친 필레몽,* 조나탕,** 코르토 말테즈*** 같은 등장인물들의 출현에 대해 얘기해줬다. 여행자들. 고독한 사람들.

"아마 난 내 주인공이 선원이길 바랐던 것 같아요. 하지만 코르토 말테즈 이후로 그건 불가능했죠."

내가 어깨를 으쓱했다.

"난 그런 인물들에 대해 들어본 적이 없어요. 바다는 넓고 넓어서 선원 주인공이 여럿 나와도 될 것 같은데요."

케랑이 창밖을 내다보며 그럴 수도 있겠다고 말했다. 사실, 주인공이라는 용어 자체에 대해 다시 생각해봐야 했다. 그의 주인공은 모든 사람의 이야기를 통해 자신의 이야기를 찾는 한 사람에 지나지 않았다. 고고학은 구실에 불과했다. 그는 전혀 독창적인 인물이 아니었다.

---

* philémon, 프랑스 만화가 프레드Fred가 1965년에 시작한 만화시리즈 〈필레몽〉의 주인공. 몽상적인 소년 필레몽이 알파벳으로 형성된 대서양의 환상적인 섬들을 돌아다니며 모험을 벌인다.

** jonathan, 스위스 만화가 코제Cosey가 1975년에 시작한 만화시리즈 〈조나탕〉의 주인공. 주인공 조나탕이 히말라야를 순례하며 미학적, 정치적, 정신적 성찰을 한다.

*** corto maltese, 이탈리아 만화가 우고 프라트Hugo Pratt가 1967년에 시작한 유명한 만화시리즈의 주인공. 선원 코르토 말테즈가 세계를 돌아다니며 모험을 벌인다.

"당신의 그림에는 등장인물이 거의 없어요."

내가 잠시 망설이다 덧붙였다.

"……여자는 아예 없고요."

케랑이 나를 빤히 쳐다보았다. 그가 침대 가장자리로 가서 앉았다. 나도 애써 어느 정도의 거리를 두며 그 곁에 앉았다.

"당신의 주인공은 여자들을 그리워하지 않나요?"

"그리워하죠."

그가 웃었다.

"그리워하고말고. 하지만 그게 그렇게 간단하질 않아요."

그가 책상으로 다가가 손가락으로 종이 가장자리를 쓸어보고는 생각에 잠겨 다시 앉았다.

"일단 잉크로 선을 그으면 그건 바뀌지가 않아요. 난 그게 완벽하다는 걸 확신하고 싶어요."

그의 손이 내 손을 스쳤다. 주방이나 박물관에서 그가 내 손을 잡았던 순간들이 떠올랐다. 알 수 없는 나른함이 내 몸을 마비시켰다. 케랑은 여자들에게서 어떤 완벽함을 기대하는 걸까? 여자들은 어떤 완벽함을 지

녀야 그의 주인공과 어깨를 나란히 할 수 있는 권리를
얻게 되는 걸까?

"한 번에 모든 것을 이해시키는 건 아무래도 무리겠
지……." 그가 그림들을 쓸어 모으며 중얼거렸다.

그가 맨 위에 있던 종이를 찢어 쓰레기통에 버렸다.
그러고는 명절 즐겁게 보내라고 말했다.

엄마가 방에 가서 고무장갑을 가져오라고 했다. 나는 샤워실과 침대 사이, 색색의 매니큐어로 가득한 상자 속에서 그것을 찾았다. 오믈렛 찌꺼기가 고무에 말라붙어 있었다. 손톱으로 긁어봤지만 떨어지질 않았다. 나는 그것들이 물러져서 잘 떨어지게 물을 묻혀 불려야 했다.

부엌에서 엄마가 복어를 손질하는 동안, 나는 김이 뿌옇게 서린 안경을 쓴 채 소고기 육수에 파를 썰어 넣고 떡을 썰기 시작했다.

"나 콘택트렌즈 살 거야."

"넌 안경이 어울려."

"저번에는 나더러 성형수술 받으라며."

"난 그런 말 한 적 없어."

"엄마가 뭐라 하든, 난 내 맘대로 할 거야."

엄마가 이맛살을 찌푸렸다. 그러고는 오징어를 던져주며 곱게 다지라고 했다. 나는 다리를 잘라내고 머릿속에 손을 집어넣어 먹물주머니를 꺼냈다. 소고기와 생선 냄새가 뒤섞이기 시작했다. 비릿하고 묵직하게. 나는 책상 앞에 앉아 있는 케랑을 상상했다. 꾹 다문 입술, 종이 위 정확한 한 지점에 내려앉기 전에 허공을 헤매는 손. 나는 요리를 할 때 어떤 요리를 할지 염두에 두고 했다. 모양, 맛, 영양가. 그런데 그는 그림을 그릴 때 오로지 팔의 움직임만 생각하는 것 같은 느낌을 주었다. 이미지는 그렇게, 미리 생각해둔 것이 없는 상태에서 탄생하는 듯 보였다.

엄마가 마구 몸부림치는 생선을 주먹으로 후려쳤다. 생선 대가리에서 벌건 액체가 흘러나왔다. 엄마가 지느러미들을 잘라내고, 군더더기 없는 동작으로 껍질을 벗겨낸 다음, 분홍색 살덩이가 아직도 움직이는지 확인했다. 그러고는 단숨에 대가리를 잘라냈다. 이제 치명적인 독이 든 내장과 알, 간을 터뜨리지 않고 발라내는 아주 까다로운 작업이 남았다. 나는 엄마가 어떻게 하는지 유심히 지켜보았다. 엄마는 내가 복어에 손대는 걸 절대 허락하지 않았다.

"엄마는 이 직업이 좋아?"

"그건 왜 물어?" 복어의 배를 가르며 엄마가 말했다.

"그냥."

엄마가 칼끝으로 배를 벌리더니 창자를 요리조리 헤집으며 치명적인 기관들을 떼어내서는 비닐봉지에 조심스럽게 싸서 쓰레기통에 버렸다. 곁눈으로 내가 하는 모양을 살피던 엄마가 버럭 소리를 질렀다.

"먹물!"

짙은 화장에 검은 정장 차림을 한 큰이모가 한복을 입은 우리를 보고는 깔깔 웃어댔다. 요즘 세상에 어떻게 한복을 입을 수가 있다니! 엄마도 따라 웃었다. 민망해서. 우리는 방석을 더럽히지 않기 위해 부엌 한구석, 타일을 깐 바닥에 상을 차렸다.

큰이모는 복어 회를 보고 황홀해했다. 그녀는 서울에서는 복어 회는 입에도 대지 않았다. 복어 조리 자격증을 갖고 있다고 주장하는 주방장들은 모두 일본인이었는데, 그녀는 그들을 신뢰하지 않았다. 독이 든 살 20그램이면 성인 한 사람을 질식시키기에 충분했다. 큰이모가 말하길 그 일본인들은 한국 사람들이 토끼 굴에 갇힌 토끼처럼 죽어가는 것을 보고 아주 좋아할 거라고 했다. 그녀가 눈썹을 찌푸렸다. 근데 이 오징어 요리는 왜 이렇게 시커멓냐?

"저년이 먹물주머니를 터뜨렸지 뭐야. 도대체 손에 칼을 쥐여줄 수가 없다니까." 엄마가 탄식하듯 말했다.

엄마가 국그릇에는 떡국을, 잔에는 소주를 채웠다.

"언니, 저 애, 펜션에서 일하느라 혈색이 안 좋아진 것 같지 않아?" 엄마가 물었다.

큰이모는 내가 늘 어디 아픈 사람처럼 보였다고 대답했다. 그러면서 부엌 벽을 둘러보고는 아마도 속초의 나쁜 기 때문일 거라고 결론지었다. 나는 국그릇에 고개를 처박고 떡국 표면에 비치는 내 얼굴에 집중했다. 숟갈질 때문에 코가 뒤틀렸고, 이마가 일렁였으며, 뺨이 턱 위로 굴러떨어졌다. 큰이모는 떡국이 싱겁다고 했다. 나는 배 속으로 마구 욱여넣느라 맛을 느끼지 못했다. 엄마가 간장을 부어주다가 국물을 튀기자 큰이모가 엄청 비싼 비단옷인데 더럽히면 어떡하느냐며 소리를 질러댔다. 엄마는 언쟁을 피하기 위해 나에게 말을 걸었다.

"넌 왜 꿀 먹은 벙어리니. 이모한테 뭐라고 말 좀 해봐."

나는 만화가 얘기를 꺼냈다.

"또 그 사람!"

"프랑스 사람이에요."

엄마의 표정이 굳었다. 큰이모는 프랑스 사람들은 말만 번지르르하게 하는 것들이라고, 얼마나 멍청하면 그 덫에 또 걸려드느냐고 빈정댔다.

"이모가 프랑스에 대해 뭘 안다고……." 내가 나지막하게 말했다.

엄마는 우리 세 사람 모두 만화에 대해서는 아는 게 전혀 없으니 딴 얘기나 해보라고 했다. 나는 떡국과 복어 회를 내 그릇에 또 담아왔다.

"그 사람 그림은 아름다워요. 19세기 유럽의 인상주의 미술을 떠오르게 해요. 하지만 세부묘사는 훨씬 사실적일 수 있어요."

엄마가 따분하다는 듯 몸을 이리저리 뒤틀어대더니 배가 불러 벽에 등을 기대고 있는 큰이모 쪽을 돌아보며 말했다.

"이 애 곧 준오하고 식을 올릴 거야."

큰이모가 내 엉덩이와 허벅지를 만져보았다. 나는 그녀가 내 가슴을 못 만지게 멀찍이 옮겨 앉았다. 그녀가 아주 잘됐다고, 예복과 화장은 자신이 책임질 테니 걱정 말라고 큰소리를 치고는 내 안경을 빤히 쳐다보았다. 엄마는 내가 콘택트렌즈를 끼겠다고 난리를 친다며 투덜거렸다. 저 변덕쟁이 년이 돈이 남아도는 모양이우. 반대로 큰이모는 그놈의 안경 안 그래도 보기 싫었는데 이참에 아예 벗어버리라고 말했다. 말이 나온 김에 성형수술도 좀 시켜주든가. 강남에 가면 성형수술도 이제 크게 비싸지 않았다. 그녀는 엄마한테 그럴 만한 여유가 없으면 자신이 시켜주겠다고 했다.

"돈 문제가 아냐, 언니." 엄마가 내 그릇에 떡국을 더 덜어주며 말했다. "안경을 써도 예쁜데 그딴 걸 뭐하러 해."

나는 더 이상 떡국만 퍼먹고 있을 수가 없었다. 취기가 올라와서 그런지 큰이모가 번들거리는 턱으로 숨을 크게 몰아쉬기 시작했다. 그녀가 또다시 날 쳐다보고는 왜 그렇게 끝없이 먹기만 하느냐고 물었다. 엄마가 질겁해 내가 뭐든 잘 먹을 때는 그런 소리 하지 말라고 했다. 나는 손가락으로 수저를 꽉 쥐었다. 큰이모가 다시 김치를 집어 입에 넣고 우걱우걱 씹어댔다. 입속에서 건더기가 튀어나와 붉은 침의 막에 싸인 채 음식들 사이로 떨어졌다. 나는 국그릇에서 고개를 들고 그것을 뚫어져라 바라보았다. 그러고는 큰이모를 빤히 쳐다보았다. 큰이모가 날 쩨려보며 젓가락으로 그것을 집었다. 나는 일어나서 외투를 걸쳤다. 펜션에 가봐야 해요. 큰이모가 놀란 표정으로 엄마를 쳐다보았다. 저 애는 성묘하러 안 가는 거야? 엄마가 눈으로 나에게 사정을 해보고는 큰이모에게 싫다는 걸 어쩌겠느냐는 몸짓을 했다. 그러고는 집을 나서는 나를 물끄러미 쳐다보았다.

그 시각에는 버스가 이미 끊어지고 없었다. 나는 마구 욱여넣은 음식 때문에 터질 듯이 아픈 배를 양팔로 끌어안고 걸었다.

별채에 도착한 나는 소리를 내지 않으려고 애썼다. 하지만 케랑이 살짝 열린 문틈으로 고개를 내밀었다. 나는 후닥닥 내 방에 달려 들어와 거울부터 봤다. 바람에 날려 뒤엉킨 머리카락이 얼굴 주위에 도마뱀처럼 늘어져 있었다. 모래와 진흙으로 더러워진 치마. 케랑이 이런 내 이미지를 지워버리기를. 그가 나를 보지 않기를. 이런 모습으로는. 배 속을 가득 메운 떡국 때문에 체형이 변해버린 이런 모습으로는. 어서 자자.

나는 입이 바짝 마르고 팔다리가 뻣뻣한 상태로 잠에서 깨어났다. 캄캄한 밤이었다. 자명종이 새벽 네 시를 가리키고 있었다. 배 속에 돌덩이가 들어앉은 느낌. 나는 다시 눈을 감았다. 눈을 뜨자 오전 열 시였다. 나는 힘겹게 이불 속에서 나와 방을 환기시켰다. 퉁퉁 부은 얼굴의 부기를 빼기 위해 창가에 매달린 얼음을 떼내어 얼굴에 대고 비볐다.

박씨 아저씨는 내가 늦게 나온 것에 대해 아무 말도 하지 않았다. 아침식사는 그가 알아서 처리한 것 같았다. 그가 신문에서 눈을 들지 않은 채 전날 저녁 붕대 아가씨와 남자친구가 방에만 틀어박혀 있는 바람에 설날 저녁을 텔레비전 앞에 앉아 혼자 먹었다고, 하지만 너무 삶아 불어터진 내 떡국이 펜션의 평판에 누가 되었을 테니 어찌 보면 오히려 잘된 일이라고 말했다. 인기가요 경연대회 방송도 재미있었고.

케랑이 편의점에서 산 머핀을 들고 주방으로 들어왔다. 나는 설거지를 시작했다. 아주 바쁜 척하면서. 케랑은 서서 창밖을 바라보며 머핀을 먹었다. 뾰족한 코 때문에 역광에 드러난 그의 옆모습이 갈매기처럼 보였다. 나는 그에게 눈길을 주지 않으려고 노력을 해야만 했다. 박씨 아저씨가 라디오를 켰다. 한창 인기를 끌고 있는 한 케이팝 그룹의 최신곡. 케랑이 눈썹을 찌푸렸다.

"당신도 도저히 들어줄 수가 없는 모양이죠?" 내가 물었다.

"그래도 감히 꺼달라고 말할 수는 없었어요."

우리는 웃었다. 내가 라디오를 껐다. 그러지 말았어야 했다. 무거운 침묵이 지난 3주 동안의 기온보다 더 차게 느껴졌으니까. 붕대 아가씨의 남자친구가 주방으로 들어왔다. 그가 커피를 타 마시고는 코를 긁더니 나가버렸다. 돌아보니, 케랑이 나를 유심히 살피고 있었다. 나는 눈을 내리깔지 않고 아예 고개를 돌려버렸다.

아마 그는 나를 불쌍히 여기고 있을 터였다. 나는 그 앞에서 준오의 전화를 받고 기쁜 척했다. 준오는 자신이 모델로 뽑혔다며 이틀 후에 짐을 가지러 오겠노라고 했다. 그때 만날 수 있겠느냐고? 물론이지. 하지만 도착하기 전에 나한테 전화하기를. 꼭 미리 연락하고 오기를.

　내가 전화를 끊었을 때, 케랑은 화첩을 앞에 놓고 식탁에 앉아 있었다. 그가 고개를 숙였고, 머리카락을 뒤로 쓸어 넘겼고, 연필심을 종이 위에 올려놓았다. 선들이 그어졌고, 나는 지붕이 나타나는 것을 보았다. 나무. 담장. 갈매기들. 집. 그것은 속초의 집들과는 다르게 벽돌로 지은 것이었다. 그가 집 주변에 풀을 그려 넣었다. 겨울에는 서리에, 여름에는 뙤약볕에 바싹 말라버리는 이곳 풀이 아니라, 비옥한 땅에서 자란 싱싱한 풀을. 뒤이어 다리 하나. 암소들의 굵은 다리들. 그러고는 풀을 뜯는 암소. 멀리, 항구와 벌판, 바람 부는 계곡들. 케랑은 끝으로 연필심을 비스듬하게 눕혀 음영을 나타냈다. 그가 화첩에서 그 종이를 찢어 내게 내밀었다. 그의 노르망디. 그는 그것을 나에게 주었다.

엄마는 앞치마를 두른 채 조개껍질을 벗기고 있었다. 입을 꾹 다문 채. 엄마가 아무것도 손을 대지 말라고 했기 때문에 나는 그냥 옆에 앉아 수조들을 구경하고 있었고. 엄마는 아직도 날 원망하고 있었다. 잠시 후, 엄마가 사과를 깎아 내 무릎 위에 올려놓았다.

"먹어. 의사가 나더러 이거 많이 먹으래."

사과를 한 입 깨무는데 어시장이 갑자기 어수선해졌다. 나는 무슨 일인지 보려고 목을 길게 뺐다. 통로 끝에 케랑이 보였다. 어시장 아줌마들이 살아 있는 문어를 그에게 내밀며 헤픈 웃음의 경쟁을 벌이고 있었다. 엄마도 그를 보았다. 엄마는 좌판이 깨끗한지 확인하고는 머리를 매만지며 입술에 립스틱을 다시 칠했다.

나는 슬그머니 빠져나가려 했지만 그럴 새도 없이 성큼성큼 다가온 그와 마주치고 말았다.

"여기서 마주치게 될 줄은 몰랐네요." 그가 기분 좋게 놀란 표정으로 말했다.

그는 내게 잠시 시간이 있는지 물었다. 자신의 이야기에 진전이 있는데, 그 얘길 해주고 싶다면서. 엄마가 내 엉덩이를 툭 치며 물었다.

"뭐라는 거야?"

창피해 죽을 지경이었던 나는 오후 다섯 시에 어시장 맞은편, 방조제 근처에 있는 작은 카페에서 만나자고 케랑에게 말했다. 엄마가 눈살을 찌푸렸고, 그는 예의바른 웃음으로 대답했다. 그가 가고 나자 나는 엄마를 돌아보며 말했다.

"그 사람이야."

"너한테 뭘 원하는 거야?"

"이따가 보기로 했어."

"일요일에는 나랑 같이 잔다고 말해줬니?"

나는 대답하지 않았다.

"네년이 그 사람을 어떤 눈으로 쳐다보는지 내가 똑

똑히 봤어."

"그 사람 일 때문에 만나는 거야!"

엄마가 갈고리를 다시 집었다. 그러다 실수로 상자 하나를 뒤엎고 말았다. 조개가 쏟아져 자기들 발치까지 굴러오자, 다른 생선장수들이 깔깔거리며 놀려댔다. 엄마가 바닥에 엎드려 조개를 줍기 시작했다. 내가 도와주려 했지만 엄마는 나를 밀쳤다. 나는 엄마가 다시 일어날 때까지, 다른 아줌마들이 입을 다물 때까지 서 있다가 그곳을 나와버렸다.

준오가 찍은 폴라로이드 사진이 흐트러진 침대시트 위에 아직 굴러다녔다. 다른 사진들은 벽 여기저기에 붙어 있었다. 나는 그중 아무거나 한 장 떼어냈다. 준오가 내 허리를 안아 들어 올리고 있었다. 나는 웃고 있었고. 내 대학 졸업식 사진이었다. 준오가 나를 따라 속초로 내려오기 직전에 찍은. 나는 사진을 보면서 속으로 프랑스 낱말들을 웅얼거리기 시작했다. 문장의 시작 부분. 마침내 입에서 소리가 튀어나왔다. 나는 즉시 입을 다물었다. 사진을 내려놓고 내 물건들을 모았다.

고양이에 대한 금언집 한 권, 스웨터 하나, 싸구려 속옷들. 거의 대부분 이미 펜션으로 가져갔기 때문에 엄마 방에 남은 것은 별로 없었다.

해변에는 한결 훈훈해진 바람이 불었다. 파도는 규칙적이지 않았다. 딸꾹질이라도 하듯. 갈매기들이 모래를 뒤지다 나를 보고는 뒤뚱거리며 달아났다. 다리를 저는 한 마리만 빼고. 나는 녀석이 날아오를 때까지 뒤를 졸졸 쫓아갔다. 갈매기는 하늘을 날 때만 갈매기답다고 나는 생각했다.

롯데마트. 실리콘 하이드로겔 렌즈 중에 내 안경 도수와 일치하는 것은 한 가지 모델뿐이었는데, 그걸 끼면 눈동자가 크게 보인다고 되어 있었다. 눈동자가 크게 보일 필요는 없지만 그래도 나는 그것을 샀다.

펜션으로 돌아온 나는 빨래부터 했다. 박씨 아저씨의 베이지색 조끼, 한 벌 더 있는 내 니트 원피스, 붕대 아가씨의 잠옷. 세탁기 관이 혹한에 얼어 터져버린 탓에 나는 손빨래를 해야만 했다. 나는 두꺼운 스타킹을 꺼내 신었다. 흉터가 사람들 눈에 거슬리니까. 나는 렌즈를 끼고 싶었다. 첫 번째 것을 끼어보니 모든 게 뿌옇게 보였다. 도수를 잘못 맞춘 모양이었다. 두 번째 것은 도무지 각막에 붙지를 않았다. 이미 약속시간에 늦었다. 케랑이 날 기다리고 있을 것이다. 마음이 급했던 나는 마른 침을 삼키며 두 손가락으로 눈꺼풀을 벌리고 다시 시작했다. 렌즈가 손가락에서 떨어졌다. 손을 더듬어 떨어진 렌즈를 찾았다. 나는 결국 그것들을 도로 상자에 넣고 코에 안경을 걸쳤다.

카페에 손님이라곤 우리 둘뿐이었다. 우리는 신발을 말리기 위해 온풍기 옆에 자리를 잡았다. 창문턱에 인형의 집처럼 미니어처 가구들이 가지런히 놓여 있었다. 카페 안은 어두웠다. 계산대 옆 냉장 진열장에는 만 오천 원짜리 파이 두 개, 역시 만 오천 원인 달팽이 세럼 파운데이션이 진열되어 있었다. 여종업원이 오징어포를 접시에 담아 갖다주었다. 나는 찜질방에서 봤던 아가씨, 내 또래인데도 가슴이 이미 축 처진 아가씨를 알아보았다. 그녀는 캐러멜로 내 카푸치노에는 하트를, 케랑의 것에는 병아리를 그려주었다.

　케랑이 오징어다리를 집어 들고는 이리저리 살펴보았다.

"제가 어릴 적에 엄마가 해준 얘긴데, 오징어를 씹으면서 우유를 마시면 핏줄 속에서 오징어다리가 자란대요. 아니면 구더기였나? 잘 기억이 안 나요."

내가 웃으며 말했다.

"아마 우유를 못 마시게 하려고 수를 썼던 것 같아요. 제가 우유는 소화를 못 시키거든요. 당신은요, 우유 좋아하세요?"

"난 포도주가 더 좋아요."

"속초에는 포도주 없어요."

그는 오징어다리에 정신이 팔려 대답을 하지 않았다. 나는 말한 걸 후회했다. 내 핸드폰이 탁자 위에서 진동하기 시작했다. 준오였다. 나는 핸드폰을 집어 가방에 넣었다.

"당신 또래 젊은이들이 많이 안 보이더군요." 케랑이 말했다.

"다들 떠나니까요."

"또래가 없어서 심심하진 않아요?"

내가 어깨를 으쓱했다.

"남자친구 없어요?"

나는 잠시 망설이다 없다고 대답했다. 보이프렌드. 난 그 말을 이해할 수 없었다. 그 말의 프랑스식 표현*도. 어떻게 '작다'라는 형용사가 연인을 나타낼 수 있을까?

"당신은요?"

그는 결혼을 한 적이 있었다. 그러고는 침묵.

"어떻게 되어가고 있어요?" 내가 물었다.

"내 아내하고?"

"아뇨, 당신 이야기요."

그가 짧게 웃었다. 거의 안도의 한숨에 가까운 웃음. 이것저것 구상은 많이 했는데 정해진 건 아무것도 없었다. 각 이야기는 다음 이야기의 초안이었다. 마지막 이야기는 그로서도 알 수 없었다.

"이야기가 끝나버리면 더는 내게 권한이 없을까봐, 한 세계를 잃게 될까봐 내가 두려워하는 것 같아요."

"당신의 독자들을 신뢰하지 않으세요?"

"문제는 그게 아니에요……."

그가 오징어다리를 잘게 뜯기 시작했다.

---

* boyfriend의 프랑스식 표현은 petit ami다. 'petit'의 일차적 의미는 '작다'이고, 'ami'는 '친구'다.

"언제나 내가 만들어내는 이야기는 내게서 점점 멀어져가요. 그러다가 결국 스스로 이야기를 하죠……. 그러면 나는 또 다른 이야기를 상상해요. 하지만 내가 이해하지 못해도 저절로 그려지는 진행 중의 이야기, 난 그걸 끝내야만 하죠. 그리고 마침내 새 이야기를 시작할 수 있게 되면, 이 모든 게 다시 시작돼요……."

그의 손가락들이 오징어다리를 집요하게 괴롭혀댔다.

"내가 진정으로 말하고 싶은 것은 결코 전하지 못할 거라는 생각이 가끔 들기도 해요."

내가 잠시 생각에 잠겼다가 말했다.

"어쩌면 그게 나을지도 몰라요."

케랑이 고개를 들었다. 내가 말을 이었다.

"안 그러면 더는 그릴 수 없게 될지도 모르니까요."

그는 아무 말도 하지 않았다. 내가 탁자로 다가앉으며 말했다.

"이번 이야기에서는 무슨 일이 일어나요?"

그는 그림들을 직접 보는 편이 나을 거라고 했다. 그래서 나는 캐묻지 않았다. 한 여자가 컵라면을 들고 허겁지겁 달려 들어왔다. 바람에 문이 쾅 하고 닫혔다. 빗

방울이 창문을 때리기 시작했다. 케랑이 외투 단추를 다시 채웠다.

"겨울에는 늘 이래요?"

"올해만 유난히 이래요⋯⋯."

여종업원이 단무지를 챙겨 계산대 앞에 앉은 여자한 테로 갔다. 케랑이 그들을 쳐다보다가 한결 가벼워진 표정으로 내 쪽을 돌아보며 말했다.

"면을 먹기 시작한 곳이 중국인지 아니면 이탈리아 인지 난 늘 궁금했어요."

그걸 어떻게 알 수 있겠는가, 세상 양쪽에서 역사는 각자가 원하는 대로 씌어졌다. 유럽의 음식을 먹어본 적 있느냐고? 나는 스파게티는 좋아하지 않는다고 말 했다. 그가 웃었다. 이탈리아에서 진짜 스파게티를 먹 어본 다음에 말하라며.

나는 눈을 내리깔았다. 그가 웃음을 멈췄다.

"미안해요, 내가 경솔했어요."

"그보다 전 당신이 왜 속초에 왔는지 이해할 수가 없 어요."

"그래요, 나도 모르겠소, 당신이 없다면 내가 여기서

무엇을 할지."

나는 움찔했다.

"농담이었어요." 그가 웃음기 없는 표정으로 말했다.

그가 탁자 한구석에 뜯어낸 오징어다리 조각들을 쌓고는 또 하나를 집어 들었다.

"음식 갖고 장난치는 거 아니래요."

그가 오징어다리를 내려놓았다. 두 여자가 우리 쪽을 흘낏거리며 낮은 목소리로 쑥덕거렸다. 그들은 컵라면을 먹지 않고 젓가락으로 휘젓기만 했다. 홀 안에서 튀긴 양파 냄새가 났다.

"저 사람들, 뭐라는 거예요?" 케랑이 물었다.

"별것 아니에요."

그가 천천히 고개를 끄덕였다. 문득, 그가 몹시 외로워 보였다.

"이야기의 끝이 이번에는 최종적인 게 되나요?" 내가 훨씬 누그러진 목소리로 물었다.

"아마 아닐 거요. 당장은 그렇겠지만."

내가 오징어다리를 집어 찻잔 밑바닥에 가라앉은 것을 저었다. 그는 잔에는 손도 대지 않았다. 우유가 배

속에서 부글거리기 시작했다. 나는 그것을 감추기 위해 니트 원피스를 고쳐 입었다.

"그 원피스, 당신한테 잘 어울려요." 케랑이 말했다.

"아뇨, 너무 커요. 큰이모한테 물려받았거든요."

"난 색깔을 말한 거였소. 와인색……"

우리는 입을 다물었다. 여자들이 분홍빛 케이크를 꺼내 한 조각씩 앞에 놓고는 먹지는 않고 바라만 봤다. 그들은 더 이상 쑥덕대지 않았다. 바깥은 밤이었다. 창문을 통해 이시장이 내다보였다. 석관 같은 방수포 아래 널려 있는 좌판들.

"사실, 이제 필요한 건 그녀밖에 없어요." 케랑이 말했다.

그가 내 어깨 근처의 한 점을 뚫어지게 바라보았다.

"내가 떠나면서 내 주인공을 맡길 여자."

"아직 못 찾았나요?"

"이 추위에 쉬운 일이 아니죠."

나는 그를 빤히 쳐다보며 말했다.

"제 탓 아니에요."

"뭐라고요?"

"이 추위, 제 탓이 아니라고요." 내가 짜증을 냈다.

그가 눈썹을 으쓱하고는 말을 이었다.

"당신 생각에는 어떤 여자일 것 같소?"

나는 그의 만화를 읽어보지 않아서 모르겠다고 했다.

"상관없어요, 난 당신의 눈이 마음에 들어요."

그런데 그의 주인공은 도대체 뭘 찾고 있는 걸까? 난 그게 알고 싶었다.

케랑이 탁자에 팔꿈치를 괴었다.

"분명해 보이는데."

"저한테는 안 그래요."

"결코 끝나지 않을 이야기. 모든 것을 전하는 이야기. 그 이야기는 누구나 쉽게 이해할 거예요. 하나의 전설. 절대적인 전설."

"전설들은 슬퍼요." 내가 말했다.

"모두 그런 건 아니오."

"한국의 전설들은 모두 그래요. 한번 찾아서 읽어봐요."

케랑이 창 쪽을 돌아보았다. 내가 마지못해 조심스럽게 물었다.

"전설 속의 여자, 그 여자는 뭘 더 갖게 되죠?"

그가 잠시 생각에 잠기더니 말했다.

"그녀는 영원할 거요."

나는 갑자기 목이 메어왔다. 내가 무슨 말을 하든, 그에게 내 의견이 뭐가 그리 중요하겠는가. 그가 오늘밤 다시 만날 여자, 그것은 다른 여자였다. 내가 무엇을 하든, 그는 그림 속 머나먼 곳에 있을 터였다. 프랑스인은 그의 노르망디로 돌아가버리기를! 나는 오징어다리에 묻어 있는 크림을 핥았다. 나는 일어났다. 나에겐 할 일이 많았다. 케랑이 나를 빤히 쳐다보았다. 그러고는 눈길을 거두며 프랑스어로 혼잣말을 하듯 바래다주겠다고 중얼거렸다.

"혼자 갈래요."

거리로 나온 나는 돌아보고 싶었다. 그가 내 곁에 있겠다고 우겨주기를 바랐다. 어서 날 따라와 잡아달라고 애원하고 싶었다. 하지만 그는 펜션에 도착할 때까지 약간 거리를 두고 날 쫓아왔다. 혹한에 터져버린 돌고래 풍선이 개선문에 한쪽 지느러미가 걸린 채 매달려 있었다. 뒤집어진 미소를 띤 채.

이틀 후, 준오가 자정이 다 되어 도착했다. 눈 때문에 버스가 많이 늦어졌다고 했다. 나는 오징어무침을 만들어놓고 공용실에서 그를 기다렸다. 그는 오징어무침에는 손도 대지 않았다. 저녁은 이미 먹었다고, 앞으로는 그러지 않겠다고 했다.

별채로 가는 길에 나는 그에게 왜 한 번도 내 소식을 묻지 않았느냐고 물었다. 나도 그에게 전화를 한 적이 없지 않았느냐고 그는 대답했다. 그는 이렇게 떨어져 지내는 것을 더는 견딜 수가 없었다. 내가 그를 따라 서울로 올라가야만 했다. 내가 일을 찾을 동안 그의 월급으로도 둘이 지내기에 충분하니까. 나는 한숨을 쉬었다. 그건 이미 했던 얘기다. 나는 엄마를 홀로 두고 갈 수 없다. 모시고 가면 되지. 나는 고개를 저었다. 서울로 가면 엄마는 일을 할 수 없을 것이고, 나는 엄마와 한 지붕 아래에서 살고 싶지 않았다. 준오가 내 손을 꼭 쥐었다. 그는 이번 직장을 포기할 수 없었다. 그것은 그에게 큰 기회였다. 나는 서울을 다시 생각해봤다. 술, 웃음, 눈을 후벼 파는 빛들, 소란에 폭발해버리는 몸, 그리고 어디에나 널린 젊은 여자들. 상체를 젖히고 허리를 흔들며 몸매를 뽐내는 도시의 젊은 남녀. 점점 더 높은 빌딩이 들어서는 도시 속에 일률적인 성형미를 추구하는 사람들. 나는 그에게 잘된 일이라고 말했다. 날 위해 일을 포기해서는 안 된다고. 그는 나더러 바보라고 했다. 너무나 사랑한다고도 했고.

　침대에서 우리는 침묵을 지켰다. 나란히 누워 천장만 바라봤다. 준오가 결국 체념하듯 말했다. 다음 날 다시 버스를 타겠다고. 내 발은 얼음처럼 차가웠다. 나는 그의 품을 파고들었다. 그가 내 머리카락을 들어 올리고 목덜미를 찾았다. 바로 옆방에 누가 있다고 내가 속삭였다. 그가 더 거칠게 숨을 몰아쉬며 내 잠옷을 걷어 올리고 배를 핥다가 다리 사이로 사라졌다. 나는 잠시 저

항하다가 그냥 내버려뒀다. 단지 욕망의 대상이 되고
싶은 욕망 때문에.

나는 아침 준비를 위해 일찍 일어났다. 별채로 돌아가자, 준오가 웃통을 벗고 허리에 수건 한 장만 달랑 두른 채 욕실 앞에서 기다리고 있었다. 케랑이 문을 열고 뿌연 김 속에서 나왔다. 준오를 본 그가 잠시 움찔하더니 고개를 숙여 나에게 인사를 하고는 자기 방으로 들어갔다. 준오가 웃음을 터뜨렸다. 저렇게 뾰족한 코는 처음 봤다면서. 나는 그가 언젠가 성형수술을 받게 되면 저런 코를 가질 수도 있다고 말해주었다. 그가 어안이 벙벙한 표정으로 나를 쳐다보았다. 내가 변했다면서. 나는 그의 이마에 입을 맞추며 별생각을 다 한다고, 버스는 기다려주지 않으니 어서 서두르라고 말했다.

접수대 책상 위에 커다란 상자가 놓여 있었다. 아침에 엄마가 나한테 전해주라며 놓고 간 거라고 박씨 아저씨가 말했다. 딸아이 얼굴이나 보고 가랬더니 일없다면서 가버렸다고. 상자 안에 가득 든 건 오징어순대였다.

순대를 냉장고에 넣으러 가는데 통유리 너머로 붕대 아가씨가 보였다. 그녀는 떡을 꿀에 찍어 먹고 있었다. 너무 데웠는지 떡이 실처럼 길게 늘어났다. 그녀가 잠시 떡을 깨작거리는가 싶더니 귓가에 핸드폰을 대고서 붕대 사이에 끼어 있는 입술을 끊임없이 놀려댔다. 전화를 끊고 나서 그녀는 아주 차분하게 두 손가락으로 붕대를 쥐었다. 그리고 당기기 시작했다. 맨살이 드러나면서 아직 진물이 나오는 상처들이 보였다. 눈썹은 아직 자라지 않은 상태였다. 남자의 것도 여자의 것도 아닌 얼굴, 그녀는 심한 화상을 입은 사람처럼 보였다. 그녀는 손톱으로 뺨을 마구 긁어댔다. 비비고, 파내고, 뜯어냈다. 연한 분홍색 피부조각들이 부스러져 그녀의 무릎과 타일 바닥 위에 떨어졌다. 무슨 낌새를 느꼈는지 그녀가 놀란 사람처럼 주변을 둘러보았다. 그녀는 내가 설거지한 그릇을 닦을 때 사용하는 행주로 붕대와 피부조각을 꼼꼼하게 모아 떡이 담긴 접시에 털더니 함께 쓰레기통에 버렸다.

나는 그녀가 나가면서 날 보지 못하게 접수대 책상 뒤에 숨었다.

오후 두 시, 그녀는 서울로 올라갔다.

라디오에서 에디트 피아프의 노래가 흘러나오는 가운데, 박씨 아저씨가 분홍색 전등의 후광 속에서 후루룩거리며 국수를 먹었다. 생선은 이제 지긋지긋하다며 부탁해서 내가 고기육수에 말아준 국수였다. 라디오가 지글거리기 시작했다. 박씨 아저씨가 라디오를 껐다. 그가 라디오 앞에 꼼짝 않고 서서는, 오후에 나가보니 다리 근처에 호텔 두 채를 또 짓고 있더라고 말했다. 이제 그에게는 선택의 여지가 없었다. 대출이라도 받아 여름이 오기 전에 2층 수리를 끝내야겠다고 했다. 안 그러면 펜션이 살아남지 못할 거라면서.

내 국 위에 기름과 뭉친 김치조각이 둥둥 떠다녔다. 붕대 아가씨의 얼굴 피부조각이 떠올랐다. 나는 아무렇지 않은 것처럼 보이려고 애쓰면서 박씨 아저씨에게 프랑스인을 봤느냐고 물었다. 삼일 전 준오가 떠난 이후로 케랑은 문에 '두 낫 디스터브'라는 쪽지를 붙여놓은 채 방에만 틀어박혀 지냈다. 빨랫감을 내놓지도 않았고, 공용실로 신문을 읽으러 오지도 않았다. 세면대에 남은 치약 자국과 점점 작아지는 비누를 통해 그가 욕실을 드나든다는 게 느껴졌을 뿐이다. 전날 편의점 앞에서 마주쳤는데, 그는 나에게 말도 걸지 않고 앞질러 가버렸다. 안개가 짙게 꼈지만, 우리 둘 사이의 거리는 2미터도 채 되지 않았다.

박씨 아저씨가 또 치과에 가봐야겠다며 투덜거렸다. 나는 그를 흘낏 쳐다보았다. 음식을 씹을 때마다 그의 목이 막 태어나 죽어가는 어린 새처럼 팔딱거렸다.

저녁, 나는 준오에게 전화를 걸었다. 그의 안부를 묻고는 이제 그만 헤어지자고 말했다. 침묵이 흘렀다. 나는 그가 전화를 끊어버린 줄 알았다. 그는 이유를 물었다. 나는 일어나서 커튼을 걷었다. 축축하게 젖은 눈이 내리고 있었다. 그림자 하나가 신문을 뒤집어쓴 채 발

걸음을 재촉했다. 그러다가 금세 골목으로 횡하니 사라졌다. 결국 준오는 힘없는 목소리로 지금은 피곤하니 다음에 다시 얘기하자고 했다.

나는 스웨터를 벗었다. 그러고서 또다시 창문에 바짝 다가갔다. 배와 가슴이 창유리에 짓눌릴 때까지. 온몸이 한기에 마비가 되고 나서야 나는 잠자리에 들었다.

종이 벽 너머의 손은 하염없이 느렸다. 바람에 날리는 낙엽들의 파반.* 그 소리 속에는 폭력적인 것이 전혀 없었다. 슬픔. 그보다는 우수. 그 여자는 그의 손바닥 움푹한 곳에 똬리를 튼 채 그의 손가락들을 휘감으며 종이를 핥고 있을 것이다. 나는 밤새 그 소리를 들었다. 밤새 내 귀를 막기 위해 뺨에 대고 총이라도 쏘고 싶었다. 그 형벌은 그의 펜이 마침내 입을 다문 새벽녘이 되어서야 멈췄다. 나는 완전히 지쳐 잠에 빠져들었다.

* pavane, 16세기에서 17세기 유럽에서 유행한 궁정 춤곡.

네 번째 날 저녁, 나는 더 이상 견딜 수가 없어 그의
방문을 노크했다. 그가 문을 열어주러 오기 직전에 잉
크병 뚜껑 닫는 소리가 들렸다. 맨발, 다크서클. 스웨
터 아래 받쳐 입은 셔츠는 구겨져 있었다. 책상 위에
쌓인 종이 뭉치, 인스턴트 사발면 그릇. 내가 우물쭈물
말했다.

"저번에…… 남자…… 당신이 생각하는 그런 사이
아니에요……."

케랑이 눈썹을 찌푸렸다. 내가 뭘 암시하는지 기억을
떠올리는 것처럼. 그러고는 깜짝 놀란 표정을 지었다.
나는 바보가 된 느낌이 들었다. 나는 그에게 뭐 필요한
거 없느냐고 물었다. 그는 없다고, 고맙다고 대답했다.

그의 작업에 크게 진전이 있는 것 같았다.

"좀 봐도 될까요?"

"안 그러는 게 좋겠어요."

민망함 대신 화가 치밀었다.

"왜요?"

"지금 보여주면, 이 이야기는 결코 발표되지 않을 거요."

"전에는 보여줬으면서……."

케랑이 마치 책상을 가리려는 것처럼 비켜섰다. 그가 손을 들어 올려 뒷목을 쓸었다.

"미안해요."

그는 나에게 이제 그만 가달라고 했다. 자신에게는 보여줄 것이 없다면서, 일을 해야 한다면서.

나는 문을 닫았다.

그러고는 문을 다시 열고 창백한 목소리로 말했다.

"당신의 주인공, 그가 당신 같다면 그녀를 찾지 못할 거예요. 여기서는 절대. 여기엔 그를 위한 게 아무것도 없으니까요."

케랑은 선 하나를 그을 준비를 하고 있었다. 그가 동

작을 멈췄다. 붓 끝에 잉크 방울이 맺혀 떨어지려고 했다. 그의 얼굴에서 비탄의 광채가 빛을 발하는 것처럼 보였다. 순간, 잉크 방울이 떨어져 풍경의 한구석을 까맣게 적셔놓았다.

나는 골목을 가로질러 본채, 부엌까지 한달음에 달려갔다. 엄마가 놓고 간 순대상자를 풀고는 바닥에 쪼그리고 앉아 미친 듯이 먹었다. 숨이 막힐 때까지 마구 삼켜 혐오스러운 그 몸을 가득 채웠다. 게걸스레 삼키면 삼킬수록 나 자신이 점점 더 혐오스러웠다. 그럴수록 내 입술은 더 빨리 움직였고, 혀는 더 빨리 휘저었다. 순대에 취해 쓰러질 때까지. 배가 뒤틀리고, 허벅지 위에 신 내가 나는 토사물을 쏟아놓을 때까지.

복도에 녹색 등이 켜졌다. 누군가 걸어오는 소리. 박씨 아저씨가 들어와 부엌 안을 훑어보았다. 내 머리카락이 얼굴 위로 흩어져 있었다. 그가 나를 안아 아기 달래듯 등을 토닥여주고는 말 한마디 없이 자기 외투로 감싸 내 방까지 데려다주었다.

이튿날, 나는 복통에 시달리며 자동인형처럼 뻣뻣한 동작으로 할 일을 해치웠다. 일을 끝내자마자 내 방으로 달려가 허리 밑에 방석을 깔고, 피부와의 접촉을 피하기 위해 다리와 팔을 벌린 채 뜨뜻한 방바닥에 드러누웠다. 허리를 조여 매는 고무줄이 없는 잠옷을 입어야 그나마 견딜 만했다. 그런 상태로 창밖을 내다보고 있었다.

누가 내 방문에 대고 두 번 노크를 했다. 케랑이었다. 그는 마트에 뭘 좀 사러 가야 했다. 내가 굳이 따라갈 필요는 없었다. 단어 하나만 좀 가르쳐줄 수 있어요?

나는 숨을 참았다.

그는 결국 괜찮다고, 자기가 알아서 하겠다고 말했

다. 그가 잠시 입을 다물고 있다가, 프랑스어로 내 말이 맞는다고 덧붙였다. 그는 아주 오래전부터 스스로를 자기 이야기의 주인공으로 여기고 있었다. 그는 더 이상 내 시간을 빼앗지 않을 것이다. 그는 프랑스로 돌아갈 것이다. 나흘 후에.

그러고는 가버렸다.

나는 침대까지 기어가 이불을 뒤집어쓴 채 태아처럼 몸을 둥글게 말았다.

그에게는 떠날 권리가 없었다. 그의 이야기를 듣고 가버릴 권리가 없었다. 세상 반대편에서 그것을 남들에게 보여줄 권리가 없었다. 그에게는 바위 위에서 바싹 말라갈 내 이야기와 함께 날 버려두고 갈 권리가 없었다.

그것은 욕망이 아니었다. 그것은 욕망일 수 없었다. 아니었다, 프랑스인, 이방인인 그에게는. 아니, 확실했다, 그건 사랑도 욕망도 아니었다. 나는 그의 눈길에서 뭔가 변했다는 것을 느꼈다. 처음에 그는 나를 보지 않았다. 그는 내 존재를 그가 꿈을 꾸는 동안 그 꿈속으로 미끄러져 들어오는 뱀처럼, 염탐하는 동물처럼 여겼다.

물리적이고 냉혹한 그의 눈길이 나를 파고들었다. 그는 나에게 내가 모르는 뭔가를, 세상 반대편에 있는 나의 일부분을 발견하게 해주었다. 그것이 바로 내가 원하는 모든 것이었다. 그의 펜 아래, 그의 잉크 속에 존재하는 것, 거기에 몸을 담그는 것, 그가 다른 모든 여자들을 잊도록. 그는 내 눈길이 마음에 든다고 말했다. 그는 그렇게 말했다. 마음은 털끝만큼도 건드리지 못하는, 단지 명석한 머리에서 나온 차갑고 잔인한 진실처럼.

나는 그 명석함을 원망하는 것이 아니었다. 나는 그가 나를 그려주길 바랐다.

그날 저녁, 나는 그가 욕실에 있는 동안 그의 방에 몰래 들어갔다. 그림들이 잘 정돈되어 있었다. 침이 축축하게 묻은 종이 뭉치 하나가 쓰레기통 속에 처박혀 있었다. 나는 그것을 펼쳤다. 침으로 엉겨 붙어 잘 펴지질 않았다. 여자는 찢겨져 있었다. 하지만 이제 나는 희미한 선 하나만으로도 그가 그리지 않은 선들을 충분히 상상할 수 있었다. 여자는 펼친 손바닥에 턱을 괸 채 잠

들어 있었다. 제발 그가 그녀에게, 그 마녀에게 생명을 주기를, 그녀가 마침내 살기를, 내가 그녀를 파괴할 수 있기를! 나는 책상으로 다가갔다. 병 속에서 잉크가 번 들거렸다. 나는 손가락을 잉크병에 담갔다가 내 이마, 코, 뺨에 대고 문질렀다. 잉크가 입술 사이로 흘러들었다. 그것은 차가웠다. 끈적끈적했다. 나는 손가락에 다시 잉크를 묻혀 턱에서 정맥을 따라 쇄골까지 내려갔다. 그런 다음 내 방으로 돌아왔다. 잉크 방울이 눈 속으로 흘러들었다. 따가워서 눈을 꼭 감았다. 다시 눈을 뜨려는데 잉크에 눈꺼풀이 엉겨 붙어 떠지질 않았다. 거울 앞에 서서 눈썹을 하나씩 떼어낸 후에야 마침내 내 모습이 다시 나타나는 것을 볼 수 있었다.

파도에 일렁이는 배들의 느린 리듬에 따라 사흘이 흘러갔다. 케랑은 방에서 나오지 않았고, 나는 밤이 늦어서야, 그가 잠이 들었을 거라고 확신할 수 있는 시각에야 내 방으로 돌아갔다. 매일 밤 나는 부두까지 걸었다. 어부들이 오징어 낚시를 준비하고 있었다. 그들은 국밥집에 앉아 늑장을 부리다가 배나 목으로 바람이 새어 들어오지 않게 방수복을 잘 여미고는 스물네 척의 배에 나눠 타고 선수에서 선미까지 쳐놓은 줄에 줄줄이 매달린 전구를 켜기 위해 선착장으로 갔다. 그 전구들이 연안으로부터 먼 곳에 있는 오징어들을 유인할 것이다. 그들은 입을 꾹 다문 채 손을 바삐 움직였다. 안개 속에서 눈이 먼 채로. 나는 살갗을 끈적이게 하고,

뺨에는 소금기를, 혀에는 쇠의 맛을 남기는 먼 바다의 냄새를 맡으며 방파제 끝에 있는 등대까지 걸었다. 곧 수천 개의 전구가 빛을 발하기 시작했고, 어부들이 닻줄을 풀었다. 빛의 덫들이 먼 바다를 향해 출발했다. 느리고 당당한 행렬, 바다의 은하수.

나흘째 날 아침, 세탁장에서 더러운 옷들을 추리는데 붕대 아가씨가 잊고 간 게 분명한 바지가 나왔다. 나는 스타킹을 벗고 그 바지를 입어보았다. 허벅지는 바지 속으로 마구 돌아다녔지만 도무지 단추가 채워지질 않았다. 나는 터져 나오려는 울음을 참으며 바지를 벗었다. 다시 스타킹을 신으려는데 보니 올이 나가 있었다. 세탁물 더미에 다른 스타킹이 없나 찾아보려고 쪼그려 앉는데 케랑이 들어왔다.

　문에 기대어 선 그의 손에는 옷가지가 든 비닐봉지가 들려 있었다. 나는 맨다리를 가리기 위해 스웨터를 끌어내렸다. 나는 세탁물을 색깔별로 추리고 있었다고, 빨랫감이 있으면 그냥 놓고 가면 된다고 말했다. 그는 상체에 비해 팔이 너무 긴 사람 모양 어정쩡한 동작으로 봉지를 내려놓으려다가, 그럴 필요 없겠다고, 버스가 다음 날 아침 열 시에 출발한다고 말했다.

"이야기가 책으로 나오면 한 부 보내주겠소."

"꼭 그러시지 않아도 돼요."

그가 나와 눈높이를 맞추기 위해 쪼그려 앉았다. 나는 세제와 기름 냄새 때문에 어지러웠다.

"그때까지 당신한테 고마움을 표시하기 위해 내가 뭘 해주면 좋겠소?"

나는 서둘러 옷가지들을 세탁기에 넣었다. 그러고는 일어났다. 나는 나가버리려고 했다. 그런데 케랑의 손이 내 무릎 뒤쪽에 와 닿았다. 차마 나를 쳐다보지 못하고, 바닥만 내려다보며, 그가 천천히 몸을 숙였다. 그의 뺨이 내 허벅지에 밀착될 때까지.

세탁기 드럼 속에서 물을 잔뜩 머금은 옷들이 빙빙 돌아가기 시작했다. 금속성 소음. 옷가지들이 올라갔다가 떨어졌다. 무겁게. 다시 올라갔다가 떨어졌다. 돌아가고, 점점 더 빨리 떨어졌다. 한데 뒤엉켜 하나의 소용돌이에 지나지 않을 때까지, 그 소용돌이가 유리를 마구 쳐낼 때까지. 세탁기 소리가 내 귀에는 더 이상 들리지 않았다. 잠시 그랬다. 기껏해야 몇 초. 그러고는 세탁기 소리가 다시 들려왔다.

"내가 한 요리를 먹어주면 좋겠어요." 내가 말했다.

나는 눈을 내리깔았다. 케랑이 세탁기를 뚫어지게 쳐다보았다. 멍하니, 마치 막 전쟁에서 패한 사람처럼, 피로에 짓눌린 사람처럼. 그가 일어서며 중얼거리듯 말했다.

"그럽시다."

그러고는 문을 닫고 나갔다.

엄마와 나는 저녁식사를 마치고 함께 누워서 텔레비전을 보았다. 엄마가 등 뒤에서 다리로 내 허리를 휘감았다.

"웬일이니, 네가 토요일에 날 보러 온 건 처음이잖아." 엄마가 내 목덜미를 주물러주며 말했다.

"박씨 아저씨가 서울 간대. 그래서 내일은 내가 펜션을 봐야 해."

여자 진행자가 남자 모델들을 앉혀놓고 털과 고운 풀이 든 분무기로 어떻게 콧수염을 만드는지 보여주고 있었다. 엄마는 화면에서 눈을 떼지 못했다. 어쩌면 준오가 그 방송에 출연했을지도. 하지만 텔레비전 화면으로는 모두가 다 비슷해 보였기 때문에 그를 구분하기가 어려웠다. 어쨌거나 엄마는 기분이 좋았다. 준오는 유명해질 거야. 나는 조만간 그에게 결별을 통고해야겠다고 생각했다. 엄마가 내 쇄골이 너무 불거져 나왔다고 재차 강조하며 내 어깨를 주무르기 시작했다. 나는 어깨를 주무르는 손가락의 압력에 밀려 점점 엄마의 발 쪽으로 몸을 굽혔다. 엄마 발의 각질이 너무 딱딱해서 돌 같았다.

"발에 크림 좀 발라."

"크림은 무슨……."

광고를 하는 동안, 엄마가 부엌에서 감 젤리 튜브를 가져왔다. 유명상표인데, 큰이모가 명절선물로 들고 온 것이었다. 엄마가 눈을 반짝이며 마개에 구멍을 냈다. 엄마는 같이 먹으려고 내가 올 때까지 기다렸다고 했다. 내가 젤리의 질감을 별로 안 좋아하는 거 엄마도 알잖아. 엄마가 품질 보증서를 자세히 들여다보고는 실망한 표정을 지었다. 유통기한이 짧아 빨리 먹어치워야 했다. 엄마가 젤리를 맛보기 위해 침대 등받이에 등을 기댔다. 텔레비전 화면에서는 진행자가 모공의 확장을 막는 기적적인 제품을 홍보하고 있었다. 나는 엄

마가 들고 있던 젤리를 빼앗아 쪽쪽 빨기 시작했다. 그
것은 물컹이며 목구멍을 넘어갔다. 엄마가 안도의 한
숨을 내쉬었고, 텔레비전 음극선관이 우리 주변으로
작은 클론들을 다시 흩뿌리기 시작했다.

새벽, 나는 엄마가 깨기 전에 하역창고를 가로질러 어시장으로 갔다. 내 손전등 불빛에 수조 속의 문어들이 꿈틀댔다. 뒤죽박죽 쌓여 있는 그릇들, 오렌지색 액체가 가득 든 병들. 신 냄새. 콘크리트 바닥을 밟는 내 발소리, 물의 찰랑거림. 증폭된 소리. 머리를 물속에 처박고 있을 때 들리는 것처럼 뒤틀린 소리.

엄마의 복어들은 크게 놀라기라도 한 것처럼 입을 벌린 채 유영하고 있었다. 엄마는 복어들이 서로 상처를 입히지 못하게 이빨을 모두 뽑아버렸다. 복어들은 두툼한 입술을 가지고 있었다. 나는 양심상 가장 멍청해 보이는 녀석을 골랐다. 물 밖으로 나온 녀석이 지느러미를 격렬하게 흔들어대기 시작했다. 당황한 내가 얼떨결에 후려치자 녀석의 대가리가 내 손가락 사이에서 으깨지고 말았다. 나는 녀석을 비닐봉지에 넣고 펜션을 향해 내달렸다.

하늘이 서서히 붉은색으로 물들기 시작했다. 나는 복어를 냉장고에 넣고 오랫동안 샤워를 했다. 아크릴 섬유 튜닉을 꺼내 입은 다음, 렌즈를 끼어보려고 다시 시도했다. 이번에는 렌즈가 각막에 착 들러붙었다. 나는 아이 브로우 펜슬로 눈썹을 그렸다. 마스카라가 말라붙어 물에 적셔서 사용해야 했다. 머리를 틀어 올려 느슨하게 묶은 다음, 거울 속의 내 모습을 자세히 보기 위해 뒤로 물러섰다.

거울 속의 나는 피곤한 기색이 역력했다. 아크릴 튜닉 때문에 배꼽 아래 혹이 튀어나온 것처럼 보였다. 옷을 갈아입을까 잠시 망설이다가 매번 니트 원피스만 입었으니 이번에는 그냥 튜닉을 입기로 했다.

주방으로 들어가면서 보니 통유리가 더러웠다. 박씨 아저씨가 돌아오기 전에 닦아놓아야만 했다. 나는 라디오를 켰다. 중국과의 무역협정에 대한 일본수상의 연설이 흘러나왔다. 나는 조리대 위에 복어를 올려놓고 머릿속으로 엄마의 동작들을 그려보았다. 내 동작들은 완벽해야만 했다.

복어라는 좋은 비늘도 가시도 없었다. 하지만 손으로 만지면 마찰음이 나는 까칠까칠한 살갗을 가지고 있었다. 나는 그것을 깨끗이 씻어 가위로 지느러미를 잘라낸 다음, 칼을 집어 대가리를 쳤다. 연골조직이 예상보다 훨씬 두꺼웠다. 그래서 더 무거운 칼을 집어 다시 시작했다. 연골이 잘려나가는 둔탁한 소리. 살갗에 칼집을 내고 배의 곡선을 따라 단번에 배를 갈랐다. 잘 익은 감을 먹을 때처럼 칼날을 배 속에 집어넣어 내장을 끄집어냈다. 알이 없는 것으로 보아 수컷이었다. 나는 작은 수저로 피를 긁어내고, 내장, 심장, 위장은 터지지 않게 손가락으로 잡아당겼다. 그것들은 림프액이 묻어 미끈거렸다. 간을 조심스럽게 꺼내 담낭과 이어져 있는 부분을 잘라냈다. 그것은 작았다. 분홍색 플랑* 같았다. 나는 그게 정말 파르르 떠는지 보기 위해 손바닥 위에 올려놓고 흔들어보았다. 그러고는 밀폐봉지에 담아 쓰레기통에 버렸다.

이제 생선은 바람 빠진 풍선 꼴을 하고 있었다. 나는 손을 깨끗이 씻고 생선을 헹군 다음 살점을 발라냈다. 증기처럼 연하고 하얀 살점. 그것을 깨끗한 행주로 싸서 물기를 뺀 다음 혹시 피가 남아 있지 않은지 다시 확인했다. 그러고는 조심스레 회를 뜨기 시작했다. 내 칼 중에 가장 잘 드는 걸로. 칼끝이 가볍게 떨렸다.

한 시간 후, 나는 회 뜨기를 마쳤다.

나는 무채를 썰고, 현미식초, 간장 같은 양념을 준비한 다음, 날아가는 학들의 모습을 나전으로 새겨 넣은 널찍한 도자기 접시를 골라 꺼냈다. 그리고 거기다 복어 회를 올려놓았다. 그것들은 너무 얇아서 공기만큼이나 가벼운 깃털 같았다. 접시에 새겨진 무늬들이 투명하게 비쳤다. 엄마한테 보여주고 싶다는 생각이 들었다.

* 작은 과자의 일종.

김씨 아줌마네 골목을 지나는데 새끼 고양이 한 마리가 내게로 달려왔다. 나는 회 접시를 손에 든 채 허리를 구부려 녀석의 머리를 쓰다듬어주었다. 녀석은 회 접시를 향해 코를 벌름거리며 아주 큰 소리로 가르랑거렸다. 흐릿한 눈을 하고. 녀석은 야옹거리며 몇 미터를 더 따라왔다.

대문이 열려 있었다. 나는 걸음을 멈췄다. 쌓인 눈 위로 가는 선 두 개가 발자국과 함께 안뜰을 가로질렀다. 그것들은 케랑의 방에서 출발해 연못과 밤나무 앞을 지나 대문까지 이어지더니 멀어져갔다.

선 두 개. 그리고 발자국.

나는 그것들을 바라보았다.

그리고 처마를 따라 그의 방으로 갔다.

커튼이 걷혀 있었다. 이불은 침대 위에 단정하게 개켜 있었고. 방에는 아직도 그의 체취가 감돌았다. 향내도. 거울에 비친 빛줄기 속에 먼지가 날아다녔다. 먼지는 천장에서 떨어져 허공을 떠돌다가 책상 위로 내려앉았다. 아주 느리게.

책상 위에 그의 낡은 화첩이 놓여 있었다.

나는 쟁반을 바닥에 내려놓고 창가로 다가갔다.

이상한 일이었다.

창문턱에 그렇게 많은 먼지가 쌓여 있을 줄이야. 나는 침대에 앉았다. 천천히. 시트가 구겨지지 않게. 나는 귀를 기울였다. 귓속이 윙윙거렸다. 점점 더 가볍게. 빛역시 점점 부드러워져 방의 윤곽을 덜 선명하게 만들었다. 나는 복어 회를 바라보았다. 침대 발치에 잉크 자국. 그 자국은 시간이 가면 지워질 것이다.

나는 화첩을 집어 들고 펼쳤다.

주인공이 새를 만났다. 왜가리. 그들은 바닷가에 서서 바다를 바라보았다. 겨울이었다. 그들의 등 뒤로 눈 덮인 산. 산이 보초를 서고 있었다. 칸들이 터져버린 것처럼 아주 넓었다. 말은 없었다. 새는 늙어 보였다. 다리가 하나뿐이었지만, 은빛 깃털로 뒤덮여 아름다웠다. 새의 부리에서 솟구친 물이 강이 되었다. 강이 바다로 흘러들었다.

나는 페이지들을 넘겼다.

나이도 얼굴도 알 수 없는 등장인물들이 지나간 곳에 겨우 색깔이라 할 만한 것, 젖은 모래에 찍힌 가벼운 흔적들을 남겼다. 마침내 제 권능을 발견한 손이 그린 그림과 같은, 마구 뒤섞인 노란색과 푸른색의 미묘한 흔적들. 그들은 줄지어 바람 속을 걸었고, 서서히 칸들을 벗어났다. 바다가 해변 위로 펼쳐졌고, 산을 뒤덮었으며, 화첩의 가장자리 말고는 다른 윤곽도, 다른 경계도 없는 하늘로 넘쳐흘렀기에. 그것은 장소가 아닌 장소였다. 생각하는 순간 형태를 취했다가 이내 해체되어버리는 그런 곳, 하나의 문턱, 하나의 통로, 눈이 떨어지면서 포말과 만나는, 눈송이가 바다로 떨어질 때 그 일부가 증발되는 그런 곳.

나는 또다시 페이지들을 넘겼다.

이야기가 희미해졌다. 그것은 내 손가락 사이에서, 내 시선 아래에서 방황하듯 희미해졌다. 새가 눈을 감았다. 종이 위에는 이제 오로지 푸른색밖에 없었다. 쪽빛 잉크로 뒤덮인 페이지들. 그리고 그 남자, 겨울 속을 더듬어 나아가던 바다 위의 그 남자는 파도들 사이로 미끄러져 들어갔고, 투명하게 표현된 그의 자취는 서서히 여자의 형태를 취해갔다. 어깨, 배, 젖가슴, 잘록한 허리, 그리고 점점 더 아래로 내려가 하나의 선, 허벅지 위로 흘러내린 잉크 자국에 지나지 않을 때까지.

생선의 비늘 위

붓으로 새겨진 깊은 상처,

그 길고 가는 '흉터'를 지닌.

글쓰기를 통한 정체성 탐구의 기록

엘리자 수아 뒤사팽의 가족사를 모르고는 이 작품을 제대로 이해할 수가 없다. 옮긴이가 신문과 잡지에 실린 글이나 TV와 라디오 인터뷰 내용을 토대로 재구성해본 그녀의 가족사는 대충 이러하다.

엘리자 수아 뒤사팽은 1992년 프랑스 노르망디 출신의 아버지와 한국인 어머니 사이에서 태어난다. 그녀는 유년기 때부터 아버지가 침술사로 일하는 파리와 어머니가 라디오 방송국 일을 하는 취리히를 오가며 성장한다. 이때까지만 해도 그녀는 자신을 두 '반쪽(아버지와 어머니, 프랑스와 한국)'의 조화로운 결합으로 여긴다. 하지만 그 환상은 철들 나이 열세 살 때 외가가 있는 한국으로 긴 여행을 하면서 깨지고 만다.

"어릴 적에 저는 프랑스어와 한국어를 완벽하게 구사했어요. 엄마와 함께 외가에 가면 한국말을 했죠. 그런데 외조부모는 아버지가 프랑스 사람이라는 사실을 결코 받아들이지 않았어요. 그게 늘 가족 내부에서 일어나는 불화의 근원이 되었죠. 그래서 저 나름대로 입장을 정해야만 했는데, 그게 아주 힘들었어요."

—《르 쿠리에》지 인터뷰

이 여행을 통해 그녀는 자신의 몸이 두 문화의 "조화로운 결합이 아니라, 서로 다른 두 개체가 끊임없는 대화를 통해 신체적으로나 지리적으로 하나의 영토에서 살려고 애를 쓰는"(한국어판 서문) 자리라는 사실을 깨닫게 된다.

그러던 어느 날 뒤사팽 가족이 쥐라산맥의 작은 마을 브르소쿠르에 둥지를 틀면서 두 도시 사이를 오가는 것은 중단된다. 그녀에게 쥐라는 "서양과 극동 사이에서 자신의 진영을 택하지 않아도 되는 중립지대다." 이 중립지대에서 안정을 찾은 엘리자 수아는 영원한 숙제였던 자신의 정체성 탐구를 위해 글쓰기에 매달린다.

"전 늘 정체성의 공백에 시달렸어요. 저 자신을 정의하기 위해 창작에 매달리고자 하는 욕구를 느꼈죠. 제가 찾아낸 최고의 방법은 글쓰기였어요."

엘리자 수아는 라디오 인터뷰와 한국어판 서문에서 『속초에서의 겨울』은 '내가 만약 한국에서 태어나 자랐다면?'이라는 상상에서 시작되었다고 밝히고 있다. 혹시 그 상상은 '아버지로부터 물려받은 나의 프랑스적인 반쪽(아버지처럼 중년에다 노르망디 출신인 얀 케랑)을 한국으로 보내 그녀와 만나게 한다면?'으로 이어지지 않았을까? 이러한 추측은 그녀가 속초를 소설의 무대로 택했다는 점에서 설득력을 얻는다. 라디오 인터뷰에서 왜 하필이면 속초냐? 하는 사회자의 질문에 엘리자 수아는 한국에 머물 때 속초로 겨울여행을 한 적이 있는데 그곳 분위기가 아버지의 고향인 노르망디와 너무 닮아서 강한 인상을 받았다고 대답한다. 인물(저자-화자-얀 케랑)과 장소(속초-노르망디)들이 마치 '신체적으로, 지리적으로' 하나가 되고 싶다는 듯 자꾸 겹쳐진다.

소설 속 공간 속초에서 엘리자 수아의 삶을 구성하는 세 공간(취리히-어머니의 공간, 파리-아버지의 공간, 브르소쿠르-창작의 공간)은 엄마의 아파트, 펜션 본채, 그리고 별채로 재편된다.

어머니의 공간은 음식의 공간이다. 어머니는 온갖 쑥덕거림에 시달리는 딸이 안쓰럽다. 그래서 끊임없이 음식을 만들고 어떻게든 먹이고 싶어 한다. 하지만 그럴 때마다 딸은 "온몸을 벽을 향해 내던지고 싶어진다." 아버지의 공간은 가사의 공간이다. 딸은 부재하는 어머니를 대신해 요리, 빨래, 청소를 도맡아 한다. 하지만 여기서도 딸은 정체성의 부재에 힘들어한다. 얼굴에 붕대를 칭칭 감고 있어 생김새를 알 수 없는 붕대 아가씨처럼.

"어디에 있든 이방인"인 혼혈의 몸은 비정상적일 정도로 춥고 지독하게 외롭다. 자기 몸과의 이러한 불편한 관계는 어머니의 공간에서는 폭식으로, 아버지의 공간에서는 거식으로 표현된다.

나는 엄마 앞에서는 늘 지나치게 많이 먹었다. (p. 65)

"오늘 저녁때 먹을 건가요?"

"네, 일곱 시에 바로 옆방에서."

"피가 들어갔는데."

사실 확인, 혐오감, 아이러니. 그 어조만으로는 그의 의중을 알아차릴 수 없었다. 그사이, 그가 다시 나갔다. 그는 저녁을 먹으러 오지 않았다. (pp. 15-16)

화자가 어머니의 음식을 치밀어 오르는 울음과 함께 목구멍 속으로 마구 욱여넣는 반면, 얀 케랑은 '피가 섞인' 화자의 음식을 집요하게 거부한다.

두 반쪽의 불협화음은 언어의 측면에서도 확인된다. 엘리자 수아는 라디오 인터뷰에서 엄마와 딸이 나누는 한국어 대화를 프랑스어로 옮길 때마다(그녀는 자기 작품의 최초 번역자다!) 메울 수 없는 어떤 간극을 느꼈다고 털어놓았다. 어쩔 수 없는 이 간극은 소설에서 화자와 얀 케랑이 겪는 의사소통의 어려움으로 나타난다. 두 사람은 서로 다가가려 하지만, 끊임없이 침묵에 위협받는 그들의 텅 빈 대화는 답할 수 없는 질문과 애매모호

한 답변, 그리고 오해로 이어진다.

별채는 두 반쪽만의 공간, 창작의 공간이다. 이 공간에서 그들은 얇은 종이 벽을 사이에 두고 서로를 탐색한다. 엘리자 수아가 글쓰기에 매달리듯, 얀 케랑도 한 여자의 온전한 몸을 그리기 위해 밤마다 선에 매달린다. 그것은 화자가 간절히 바라는 것이기도 하다. 그녀가 얀 케랑의 방에 몰래 들어가 얼굴에 잉크를 칠하거나 그에게 자신이 만든 음식을 먹어달라고 청하는 것은 둘 사이의 경계를 허물고 온전한 자신을 그려달라는 주술적인 기원에 다름 아니다.

그것은 욕망이 아니었다. 그것은 욕망일 수 없었다. 아니었다, 프랑스인, 이방인인 그에게는. 아니, 확실했다, 그건 사랑도 욕망도 아니었다. (……) 나는 그가 나를 그려주길 바랐다." (pp. 149-150)

결국 얀 케랑은 화자가 정성껏 준비한 복어 회를 맛보지 않은 채, 하얀 눈 위에 가는 선 두 줄과 발자국만

남긴 채 떠나고 만다. 하지만 그가 남긴 화첩에서 '서로 다른 두 개체가 신체적으로나 지리적으로 하나의 영토에서 살려는 열망'은 이루어진다. 그 영토는 세상 모든 경계 너머에 있는 곳이다.

[그림의 칸들은] 화첩의 가장자리 말고는 다른 윤곽도, 다른 경계도 없는 하늘로 넘쳐[났다]. 그것은 장소가 아닌 장소였다. 생각하는 순간 형태를 취했다가는 이내 해체되어버리는 그런 곳, 하나의 문턱, 하나의 통로, 눈이 떨어지면서 포말과 만나는, 눈송이가 바다로 떨어질 때 그 일부가 증발되는 그런 곳. (p. 171)

그 장소 아닌 장소에서 남자와 여자, 얀 케랑과 화자, 엘리자 수아의 두 반쪽은 하나로 이어진다…….

그리고 그 남자, 겨울 속을 더듬어 나아가던 바다 위의 그 남자는 파도들 사이로 미끄러져 들어갔고, 투명하게 표현된 그의 자취는 서서히 여자의 형태를 취해갔다. 어깨, 배, 젖가슴, 잘록한 허리, 그리고 점점 더 아

래로 내려가 하나의 선, 허벅지 위로 흘러내린 잉크 자
국에 지나지 않을 때까지.
생선의 비늘 위
붓으로 새겨진 깊은 상처,
그 길고 가는 '흉터'를 지닌. (pp. 171-172)

 ……길고 가는 흉터와 함께. 흉터는 상처의 흔적이
지만 상처가 아문 자리이기도 하니까.

 『속초에서의 겨울』은 속초의 한 펜션에서 일하는 혼
혈여성과 영감을 찾아 그곳을 찾아든 프랑스 중년남자
의 이상한 사랑 이야기라기보다는(물론 그렇게 읽을 수도
있겠다), 글쓰기라는 예술적 작업을 통해 모든 경계 너
머에서 자신의 정체성을 찾고자 한 한 경계인의 치열
한 기록이다.

이상해

옮긴이 이상해

한국외국어대학교와 동 대학원 불어과를 졸업하고 프랑스 스트라스부르 대학, 릴 대학에서 박사 과정을 수료했다. 현재 전문번역가로 활동하며 한국외국어대학교에서 프랑스 문학과 번역을 가르치고 있다. 옮긴 책으로는 알베르 베갱의 『낭만적 영혼과 꿈』, 앙드레 지드의 『좁은문』, 파울로 코엘료의 『11분』, 『베로니카, 죽기로 결심하다』, 가오싱젠의 『영혼의 산』, 알랭 로브그리예의 『되풀이』, 베르코르의 『바다의 침묵』, 크리스토프 바타유의 『지옥 만세』, 미셸 우엘벡의 『어느 섬의 가능성』, 아멜리 노통브의 『아담도 이브도 없는』, 『푸른 수염』, 이렌 네미롭스키의 『스윗 프랑세즈』, 산샤의 『바둑두는 여자』, 『여황 측천무후』외 다수가 있다. 『여황 측천무후』로 제2회 한국출판문화대상 번역상을, 『베스트셀러의 역사』로 한국출판학술상을 수상했다.

속초에서의 겨울

초판 1쇄 발행 · 2016년 11월 30일
개정판 1쇄 발행 · 2018년 10월 30일
개정판 3쇄 발행 · 2023년 3월 30일

지은이 · 엘리자 수아 뒤사팽
옮긴이 · 이상해
펴낸이 · 김요안
편집 · 강희진
디자인 · 주수현

펴낸곳 · 북레시피
주소 · 서울시 마포구 신수로 59-1, 2층
전화 · 02-716-1228
팩스 · 02-6442-9684
이메일 · bookrecipe2015@naver.com | esop98@hanmail.net
홈페이지 · https://bookrecipe.modoo.at/
등록 · 2015년 4월 24일(제2015-000141호)
창립 · 2015년 9월 9일

ISBN 979-11-956154-3-8 03860

종이 · 화인페이퍼 | 인쇄 · 삼신문화사 | 후가공 · 금성LSM | 제본 · 대흥제책

이 도서의 국립중앙도서관 출판예정도서목록(CIP)은 서지정보유통지원시스템
홈페이지(http://seoji.nl.go.kr)와 국가자료공동목록시스템(http://www.nl.go.kr/kolisnet)에서
이용하실 수 있습니다. (CIP제어번호: CIP2016026809)

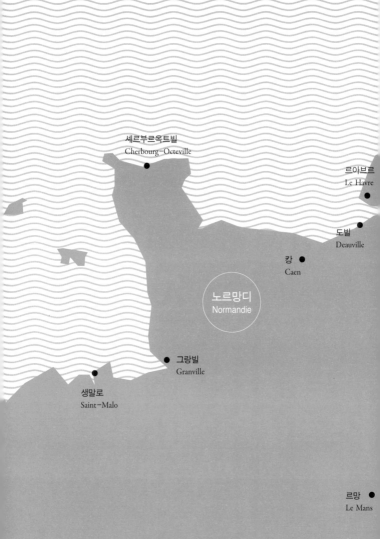

세르부르옥트빌
Cherbourg-Octeville

르아브르
Le Havre

도빌
Deauville

캉
Caen

노르망디
Normandie

그랑빌
Granville

생말로
Saint-Malo

르망
Le Mans

● 아미앵
Amiens

● 루앙
Rouen

파리
Paris
●

엘리자 수아 뒤사팽은 서양과 극동의 만남을 연출해낸다. 두 개의 한국을 나누는 경계, 두 문화를 나누는 경계, 아직 끝나지 않은 전쟁, 아물지 않은 상처, 빛과 어둠을 관통시키는 두 사람 사이의 종이 벽. 그녀는 거기에 새로운 말들을 내던질 준비를 하고 있다. —《르 쿠리에》

엘리자 수아 뒤사팽의 소설에서 가장 인상적인 것은 매우 간결한 문체로 감각적으로나 감성적으로나 아주 풍부한 세계를 떠올리게 하는 능력이다. '거의 아무것도 아닌 것'의 예술에 탁월한 솜씨를 보여주는 그녀는 디테일 하나하나에 놀라운 환기력을 불어넣는다. —《리르》

정체성 탐구와 향토음식 탐방 사이, 한국의 항구도시에서 전해온 아름다운 사랑의 연대기. —《렉스프레스》

『속초에서의 겨울』은 단숨에 읽으면 안 된다. '프랑스인' 케랑은 카뮈의 이방인을 떠올리게 하고, 엘리자 수아 뒤사팽의 글쓰기는 우아하고 간결한 뒤라스의 영향을 엿보게 한다. 엘리자 수아 뒤사팽이 고른 낱말들은 조금씩 음미해야 한다. —에릭 에소노(소설가)